로크미디어가
유혹하는
재미있는 세상

ROK
MEDIA
로크미디어

이것이 법이다

이것이 법이다 103

2021년 1월 5일 초판 1쇄 인쇄
2021년 1월 8일 초판 1쇄 발행

지은이 자카예프
발행인 이종주

총괄 김정수
경영 지원 배진경 임혜솔 송지유

기획 이기헌 왕소현 박경무 강민구
책임 편집 최전경

발행처 (주)로크미디어
출판등록 2003년 3월 24일
주소 서울시 마포구 성암로 330 DMC첨단산업센터 3층 318호, 319호
Tel (02)3273-5135 **편집** 070-7863-8592 **Fax** (02)3273-5134
홈페이지 rokmedia.com **E-mail** rokmedia@empas.com

값 8,000원

ISBN 979-11-354-8905-1 (103권)
ISBN 979-11-255-9575-5 04810 (세트)

이것이 법이다

103

자카예프 장편소설

로크미디어

CONTENTS

우리는 노예가 되지 않는다

사람의 몸에는 한계가 있다.

하물며 기계도 한계가 있는데 사람이 한계가 없을 리가 없다.

"하지만 대부분의 장군들은 병사를 인간이라고 인식하지 않지요."

장진수는 비참한 표정으로 말했다.

"맞습니다. 애석하게도 그렇지요."

물론 그게 아예 잘못된 것은 아니다.

병사 하나하나를 모조리 인간으로 인식하면 전쟁을 할 때 제대로 투입할 수가 없다.

자기가 죽으라고 내모는 꼴이기 때문이다.

"하지만 이건 너무 과도한 행위입니다."

장군들은 병사들을 인간도 아닌 노예쯤으로, 언제든 갈아 치울 수 있는 부품으로 생각하고 있다.

'그러니 갑질 사건이 벌어지는 거지.'

소위 말하는 공관병 같은 경우도 엄밀하게 말하면 존재해서는 안 되는 보직이다.

애초에 공관의 관리는 병사가 아니라 거기서 사는 사람이 해야 하는 것이 정상이다.

물론 국가 재산으로서의 공관의 관리, 가령 건물의 유지 보수라면 모를까, 장군들의 밥과 반찬을 해 주는 공관병이라는 것은 존재해서는 안 된다.

"하지만 현재의 대한민국 군대는 너무 당연하게 병사들을 노예 취급합니다. 예를 들어서 당번병이라고 하는 직책은 군대에 아예 없습니다."

당번병, 그러니까 장교들의 부대 내 수발을 들어 주는 사람들을 뜻한다.

그런데 현실적으로 말하면 당번병이라는 것은 정식 편제에 존재하지 않는다.

그들이 자기 편하려고 마음대로 전투 병력을 빼돌린 것이다.

"그런 식으로 노예 취급을 하고 있으니 병사들이 장교에게 원한을 품지요."

노형진은 혀를 끌끌 차면서 말했다.

"하지만 이제는 그마저도 힘들 겁니다. 아시겠지만 저들의 행동이 군대에서 끝나는 것이 가장 큰 문제니까요."

장교들이 저렇게 안하무인으로 움직일 수 있는 건 군대라는 조직의 고질적인 병폐 때문이다.

사람을 죽여도, 강간해도, 병신을 만들어도 군사재판부는 철저하게 장교, 그것도 높은 장교 위주로 돌아간다.

하물며 장군쯤 되면 직접 사람을 죽이지 않은 이상에야 무죄가 나온다고 봐야 한다.

"하지만 우리는 그를 군형법이 아니라 다른 걸로 족칠 거니까요."

"하지만 결국 돌고 돌아서 그쪽으로 갈 건데요."

박석대를 비롯한 가해자들.

그들은 업무상 과실치상과 과실치사로 고발되자 당황해서 자신은 명령대로 했다고 주장하고 있다.

"물론 그 명령대로 했다는 걸 입증하는 것은 어려운 일이 아닐 겁니다."

과도하게 훈련시키고 과도하게 가혹 행위를 하도록 했으니까.

"결국 종갑석을 재판하기 위해서는 군사재판부로 넘어갈 건데요?"

문제는 박석대가 아무리 진실을 이야기한다고 해도 종갑석은 장군이라는 것이다.

종갑석이 장군인 이상, 이미 외부로 나간 장교들과 병사들이 뭐라고 하든 결국 군형법상의 처벌을 받게 될 테고, 그들은 100% 종갑석에게 무죄를 선고할 것이다.

"맞습니다."

노형진은 장진수의 말에 고개를 끄덕거렸다.

"그러니 저는 더 높은 곳을 노릴 겁니다."

"네? 그게 무슨 말씀이신지?"

"종갑석은 장군입니다. 재판을 한다 해도 결국 그에게 유리한 재판을 하게 됩니다. 그를 공정한 재판의 현장으로 끌어내려면, 방법은 하나뿐입니다. 그를 장군 자리에서 쫓아내는 거지요."

"그게 가능할 리가 없지 않습니까?"

그렇게 쉬운 일이라면 얼마나 좋겠는가?

그가 무능하고 이미 찍혀 있는 인간이라면 가능할지도 모른다.

하지만 그는 병사들을 갈아 넣어서 노예로 삼았고, 그 결과 적지 않은 승진 점수를 얻었다.

쉽게 말해서 병사를 희생양으로 삼아 위에서 좋은 점수를 받았다.

"상부에서는 그를 진정한 군인으로 생각하고 있습니다."

"개소리죠."

진정한 군인이라는 말에 노형진은 비웃음이 나왔다.

진정한 군인이고 나발이고, 그는 결국 군인 아저씨일 뿐이다.

이것이 법이다

"군대에서 가장 무서운 게 뭔지 아십니까?"

"글쎄요. 가혹 행위인가요?"

"뭐, 병사들에게는 그럴 수도 있지요. 하지만 저는 그 가혹 행위의 원인을 말씀드리는 겁니다."

"가혹 행위의 원인?"

"그렇습니다. 보통 가혹 행위는 위에서 내려오는 명령이지요."

중대장이 마음에 안 든다고 한마디 하면, 소대장이 병장을 괴롭히고 병장은 상병을 괴롭히고 상병은 일병을 괴롭힌다.

중대장의 단순한 말 한마디가 일병에게는 폭행과 구타가 되는 것이다.

"군대에서 가장 두려운 건 위에서부터 깨고 내려오는 겁니다."

"아, 그건 그렇지요."

군대에서 생활해 본 사람들은 안다. 위에서부터 깨고 내려오는 게 얼마나 골 때리는지.

그나마 자대 내에서 커버할 수 있는 수준이라면 감추기라도 하는데, 위에서부터 깨지고 내려오면 그것도 안 된다.

그리고 승진 하나에 매달리는 게 장교들인데, 위에서 깨지고 내려온다는 것 자체가 자신의 과실이 드러났다는 것을 의미한다.

"그런데요? 위에서 깨고 싶어도 그는 이미 장군입니다."

"장군이지요. 하지만 그는 아직 소장입니다. 위에 중장과 대장이 있고 그 위에는 사령관이 있지요. 그리고…….”

노형진은 씨익 웃으며 뭔가를 내밀었다.

그걸 받아 든 장진수는 얼굴이 핼쑥해졌다.

“대통령이 있지요.”

“대…… 대통령요? 잠깐, 이 문제로 대통령을 걸고넘어지 겠다는 말씀입니까?”

“그렇습니다.”

노형진은 차분하게 말했다.

“지금 가장 큰 문제는 군에서 종갑석을 비호하고 있다는 것이지요. 그런데 말입니다, 대한민국은 민주주의국가입니다. 군민이 아니라 민군입니다.”

“군민? 민군?”

“네. 군인이 민간을 통제하는 게 아니라 민간이 군을 통제 합니다.”

대통령은 엄밀하게 말하면 군인은 아니다.

하지만 그는 대한민국 군대의 총사령관이며 총지휘관이다.

“지금까지 대통령들이나 그 아래 장교들이 종갑석을 좋게 본 이유가 뭘까요?”

“그건…….”

“그가 실적만큼은 확실하게 좋았거든요.”

분명 그의 방식은 많은 정예 병사를 만들어 낸다.

하지만 그 와중에 그만큼 피해자를 만들어 내기도 한다.

군대 표현으로 하자만 B급 병사가 그에게 괴롭힘당하고 갈굼당하면 살기 위해 노력하다가 A급 병사가 될 수도 있다는 것이다.

하지만 체력이 약하거나 눈치가 없는 C급 병사는 장애가 생기거나 죽을 수밖에 없다.

"실적 뒤에 생기는 문제가 위에는 전혀 영향을 미치지 않습니다. 그러니 다른 장교들 입장에서 그는 유능하게 보이지요. 과연 그런 문제가 대통령에게 넘어갈까요? 제가 아는 정부의 인사 시스템은 '이 장군은 이러이러해서 추천합니다.'라고 보고하는 식이지 '이러이러한 문제도 있습니다.'라고 보고하지 않지요."

그러나 그로 인해 피해가 생기면 상황은 달라진다.

"그는 소장이고, 그 위에는 직속상관들이 있습니다. 그들은 종갑석에 대한 관리 책임을 가지고 있지요."

"으음……."

"더군다나 제가 알기로는 종갑석이 명령 불복종도 했다면서요?"

"그건 그렇지요."

그의 가혹 행위는 상당히 유명했고, 상관이 그에게 가혹 행위를 하지 말라고 하기도 했다.

하지만 종갑석은 철저하게 무시했다.

그리고 상관 역시 어찌 되었건 자기 실적이 좋아지는 것이 사실이기에 그 이후에는 아무런 말도 못 했다.

"군에서 정당한 명령에 대한 불복종은 하극상입니다. 그걸 놔뒀지요. 그러면 관리 책임이 성립될까요, 안 될까요?"

"허어."

"물론 이게 형사로 가면 당연히 군사재판소에서 물고 빨고 할 겁니다. 하지만 군대에는 민법이라는 게 없지요."

없을 수밖에 없다.

민법이라는 게 뭔가? 민간인에 대한 법률이다.

군대에서 민법을 만들면 그 논리와 정면으로 충돌하는 셈이다.

"우리는 민간 재판소에 민사를 넣을 겁니다."

대통령과 직속 준장과 대장, 그들에게 민사를 넣고 그들의 재산을 압류할 것이다.

"과연 그분들의 기분이 어떨지 참 궁금하지 않습니까, 후후후."

⚖️

"이런 개 같은 경우가……."

홍안수는 손이 부들부들 떨렸다.

지금까지 단 한 번도 대한민국 대통령의 개인 재산에 대한 가압류 신청이 들어온 적은 없다.

아니, 어떤 미친놈이 현직 대통령에 대한 압류를 신청하겠는가?

하지만 하는 놈이 있었다.

"노형진…… 이 개 같은 자식."

지금껏 계속 충돌해 온 만큼 그도 노형진에 대해서는 익히 알고 있었다.

하지만 건드릴 방법이 없어서 못 건드리고 있었다.

그냥 개인이었다면 당장이라도 죽여 버리면 그만인데, 그러기에는 노형진이 가진 힘이 너무 위험했다.

이번도 마찬가지.

보복을 하자니, 노형진과 전면적으로 붙으면 대한민국 경제가 휘청거릴 게 뻔하다

당연하게도 홍안수의 분노는 이 일의 원인 제공자에게로 향할 수밖에 없었다.

"종갑석? 이 새끼는 도대체 뭐야!"

"그게, 지금 소장입니다."

"그런데 가혹 행위? 학대? 군 내 폭행 유도? 업무상 과실치상에 과실치사까지? 이거 뭔 말도 안 되는 상황이야?"

"종갑석 소장은 부하 병사들을 가혹하게 굴리기로 소문난 사람입니다."

보좌관은 이미 그에 대해 다 조사해 온 상황이었다.

"그의 부대에서의 사고율은 타 부대에 비해 세 배 이상이

고 입원 환자는 다섯 배 이상입니다.”

“뭐? 그런데 어떻게 이런 놈이 소장까지 단 거야!”

“그게…… 일단은 그의 부대가 실적이 나쁘지는 않아서 그
렇습니다. 특급 전사는 다른 부대의 다섯 배 이상이고 전투
유지율은 30% 이상 높고…….”

“그게 나쁜 거야?”

“나쁜 건 아닙니다만…….”

군대를 안 간 홍안수와 다르게 보좌관은 군필, 그것도 병
장 출신이다.

그랬기에 지금 나온 수치가 뭘 의미하는지 어렵지 않게 알
수 있었다.

“쉽게 말씀드리면, 가혹 행위를 통해 부대의 질을 높게 유
지하고 결과를 뽑아내는 방식으로 승진해 왔습니다.”

“허, 그런데 이걸 못 거른다고?”

“그게, 장군들은 부대의 사건에 대한 책임은 잘 지지 않기
때문에…….”

사람이 병신이 되든 말든, 장군은 그다지 책임을 지지 않
는다.

오로지 실적만으로 판단될 뿐.

“그런데 그 관리 책임을 왜 나한테 물어?”

“어찌 되었건 사망자가 발생했으니…….”

횡문근 융해증이라는 명백한 사유가 있고, 그 때문에 책임

에서 벗어날 수도 없다.

아예 공문으로 특급 전사를 제외한 모든 병사들의 휴가와
외출을 자르라고 했고, 하루 평균 열두 시간의 운동을 강요
한 것이 드러났으니까.

"그런데 그걸 왜 나한테 묻냐고!"

"그……."

보좌관은 답답했다.

군대를 다녀오지 않았으니 지금 뭐가 문제인지도 모르는
홍안수 때문이었다.

보좌관은 눈을 질끈 감으며 말했다.

"각하, 대통령은 국가원수로 국군의 총사령관입니다."

"그래서?"

"각하께서는 종갑석 소장의 '직속상관'이 맞으십니다."

홍안수는 이를 악물었다.

물론 그 또한 안다, 자신이 그 책임자라는 것을.

하지만 대한민국의 전시 작전 통제권은 미국에 있어서, 그
는 전쟁이 터져도 할 수 있는 게 아무것도 없다.

애초에 개전도 할 수 없는 허수아비다.

그래서 대통령이라는 자리가 지휘관이기는 하지만 그냥
일종의 요식행위쯤으로 받아들였는데, 설마 책임지라고 하
는 미친놈이 나올 줄은 몰랐다.

"직속상관이 나뿐이야?"

"아닙니다."

"그러면 다른 놈들은?"

"그 위에 있는 모든 장군들의 재산에 대해 관리 책임을 물어서 손해배상 청구 소송 및 가압류가 진행 중입니다."

보좌관의 말에 홍안수는 이를 뿌드득 갈았다.

"당장 국방부 장관더러 들어오라고 해."

"어? 어? 이거 어쩌지? 젠장, 이거 어쩌지?"

종갑석은 좁은 대기실을 빙빙 돌고 있었다.

그가 만만하게 보던 놈들이 그를 물어뜯기 시작했다.

아니, 자신만 물어뜯었다면 차라리 나았을 것이다. 그런데 이 미친놈들이 자신의 직속상관들을 물어뜯기 시작했다.

그것도 민사로.

형사라면 어떻게 재판부에서 커버라도 해 보겠는데, 민사에서는 그게 안 된다.

"젠장…… 이게 아닌데…… 이게 아닌데……."

그의 목표는 좋은 성적을 바탕으로 국방부 장관까지 올라가는 것이었다.

그런데 그 때문에 직속상관들이 집에 딱지가 붙는 최악의 경험을 하게 된 것이다.

"장군님, 들어오시랍니다."

문을 빼꼼 열면서 여장교 한 명이 그를 불렀다.

그의 직속상관의 보좌관이었다.

"어…… 응응."

그는 떨리는 목소리로 대답하고는 그녀를 따라 중장의 사무실로 들어갔다.

"종갑석이."

"소장 종갑석!"

자기가 저지른 죄가 있기에 그는 우렁차게 대답했다.

하지만 대답 대신에 돌아온 것은 쪼인트 까기였다.

"아악!"

"많이 컸네? 비명 지르고?"

"소장 종갑석!"

후다닥 일어나는 종갑석.

하지만 바로 반대쪽으로 쪼인트가 날아왔다.

"크읍."

이번에는 이를 악물고 비명만은 막았지만 쓰러지는 것은 어쩔 수가 없었다.

"안 일어나나?"

"소장 종갑석!"

종갑석은 벌떡 일어났고, 그런 그의 얼굴로 싸대기가 날아왔다.

"어억!"

"니 미쳤나?"

"아닙니다!"

"니가 내 말 개 씹듯이 씹을 때부터 알아봤다."

그는 분명 가혹한 훈련을 시키지 말라고 했다.

하지만 종갑석은 씹었다.

그러나 어찌 되었건 소장이나 된 후임이기 때문에 계속 뭐라고 하기도 애매해서 놔뒀다.

그런데 그것 때문에 관리 책임을 물어서 집 안에 딱지가 붙었다.

"니 때문에 내가 망했다. 아나?"

"잘 모르겠습니다!"

"잘 몰라, 이 새끼야? 잘 몰라?"

중장은 기가 막혔다.

그에게 청구된 손해배상 금액이 무려 48억이다.

문제는 그가 가혹 행위를 하지 말라고 종갑석을 만류한 기록이 있다는 것이다.

이게 무슨 소리냐면, 그가 종갑석의 가혹 행위를 알고 있었다는 뜻이다. 그리고 결과적으로 방치했다는 의미가 되기도 한다.

"이 개자슥아, 48억이다, 48억. 지금까지. 미쳤나?"

"아닙니다!"

"아니긴 뭐가 아니야!"

집으로 들이닥친 집행관들을 그는 막을 수가 없었다.

계좌도 막히고 차도 빼앗겼다. 돈이 없어서 다른 장군들과 골프장에 가지도 못한다.

다른 중장들이 자신을 볼 때마다 키득거리는 걸 그대로 봐야 한다.

"니 미친 짓 하는 게 한두 번 아닌 건 아는데."

중장은 이를 빠드득 갈았다.

그리고 다시 한번 쪼인트를 깠다.

"크흡!"

"니 특급 전사 사랑, 내 아는데!"

점점 높아지는 중장의 목소리.

"근데 특급 전사가 안 되었다고 애를 빙신을 만들고 죽여?"

"시정하겠습니다!"

"시정? 시저엉?"

"크흡!"

또다시 날아온 쪼인트. 이제는 종갑석도 일어날 수가 없는 수준이었다.

그리고 그의 얼굴로 군홧발이 날아왔다.

"어떻게 시정할 낀데? 어? 니가 그 돈 줄 기가?"

"그건……."

"안 줄 기가? 그러면 어떻게 시정할 긴데? 어떻게!"

종갑석은 말도 하지 못하고 그냥 두들겨 맞는 수밖에 없다.

"이거 인정될까요? 무리 같아 보이는데."

"사실 가압류했다고 하지만 인정은 거의 안 될 겁니다."

장진수가 걱정스럽게 묻자 노형진은 사실대로 말했다.

"하지만 아예 인정이 안 될 가능성도 낮지요. 아마도 얼마
안 되는 수준에서 인정될 겁니다."

전액이 인정되면 좋겠지만 애석하게도 그건 힘들다.

"아예 인정하지 않으려고 하지 않을까요?"

"그건 무리입니다. 이미 종갑석에 관한 자료는 많으니까요."

종갑석의 가혹 행위는 이미 유명하다.

더군다나 장진수와 군인권센터가 몇 차례나 이의를 제기
했다.

"그리고 종갑석이 지휘하는 부대의 사고율이나 입원율이
타 부대의 몇 배나 되는 건 이미 보고가 들어가 있으니까요.
책임이라는 것, 특히 군대에서 책임이라는 것은 '나는 몰랐
습니다.'라는 말만으로는 면하기 힘듭니다."

당연하게도 최소한의 금액은 인정될 수밖에 없다.

"설사 인정되지 않는다고 해도 우리에게는 손해가 없지
요. 장군들의 명예에 똥칠을 했으니까요."

"하긴. 그쪽 인간들이 명예라고 하면 환장하니까요."

대통령부터 국방부 장관, 참모총장, 심지어 직속 대장과 중장에게까지 죄다 압류가 들어갔다.

그들이 그 돈을 주지 않는다고 해도 종갑석 때문에 얼굴에 똥칠한 건 당연한 일이고, 종갑석이라는 이름은 그들의 뇌리에 떡하니 박혔을 것이다.

"아마도 그들의 원한은 지금쯤 종갑석에게 쏠리고 있을 겁니다."

개개인에게 보복을 하자니 숫자가 너무나 많다.

그렇다고 노형진에게 보복을 하자니, 잘못 건드렸다가는 나라가 휘청거릴 판국이다.

"그러면 만만한 게 누구일까요?"

"종갑석이겠군요."

"종갑석이 휘하 병사를 사람으로 안 보고 자신의 승진을 위한 도구로 보듯이, 그들 역시 종갑석을 위해 자신의 인생을 걸 생각은 없을 겁니다."

하물며 종갑석 때문에 금전적인 손해를 입었다.

그들이 직접 재판에 나가지는 않는다고 해도 변호사를 선임해서 싸워야 하니까.

"그리고 이 경우는 저쪽이 불리해지지요."

군법정에서는 수틀리면 국가 기밀이라고 하면서 정보를 숨겨 버리면 그만이다.

하지만 외부에서 민사 할 때 증거나 기록을 안 주면 그건 그것대로 손해로 남는다.

"국가 기밀이라고 자료를 넘기지 않을수록 불리한 건 군대, 아니 장군들이지요."

이미 이쪽의 가혹 행위 자료는 차고도 넘치는 상황이니까.

"장군들은 자기들이 특별하다고 생각합니다. 수십만의 노예를 거느린 귀족쯤으로 생각하지요. 그런데 자기들이 모욕받았다고 생각해 보세요, 그것도 남의 잘못으로."

"종갑석을 죽이려고 거품을 물겠네요."

"네. 아마도 지금쯤 회의가 계속되고 있을 겁니다."

노형진은 씩 웃으며 말했다.

"그리고 일이 이쯤 되면 종갑석은 옷을 벗을 수밖에 없지요, 후후후."

"뭐라고?"

"니 그만둬라."

"야! 그게 무슨 소리야!"

종갑석은 동기의 말에 발끈했다.

그가 여기까지 오기 위해 얼마나 노력했던가? 그런데 그만두라니?

"너 지금 불명예제대 이야기 나온다."

동기의 말에 종갑석은 정신이 아득해졌다.

불명예제대. 군인으로서는 최악의 벌이다.

"무슨 말이야! 내가 뭘 했다고!"

"너 아직도 상황 파악 안 되냐? 가혹 행위를 장군이 교사
했다는 것 자체가 문제야."

"아니, 난 그런 적 없어! 난 그저 병사들의 체력 단련을……."

"자율 시간 빼앗고 주말 빼앗고 휴가 빼앗고, 그거 못 따
면 징계하면서까지 한 체력 단련이다. 그게 이해가 될 거라
고 생각해?"

"……."

"아니, 군 내부에서는 이해한다고 해도, 너 때문에 고소당
한 사람들은 이해 못 해."

장성급의 불명예제대 징계권자는 참모총장과 합동참모의
장 그리고 국방부 장관이다.

마지막으로 중징계의 경우, 결정권자는 대통령이고.

"이 사람들이 누구 같냐? 어?"

"크윽."

정확히 노형진이 관리 책임을 물어서 고소한 사람들이다.

그들이 징계에 대해 스스로 판단하고 직접 결정하는 상황
이 된 것이다.

"이 상황에서 불명예제대가 떨어지면 넌 그냥 끝장이야."

그들이 과연 그의 사정을 봐줄까?

자기들이 피해를 입었는데?

"더군다나 넌 직속상관의 명령도 거부했어. 그것도 중장급 명령을 말이야. 중장급 명령을 거부하면 이만저만 명령 불복종인 줄 아냐? 너 불명예제대 빼박이야."

"크윽."

그나마 다행인 건 과거에 불명예제대를 하게 되면 이등병으로 강등시키기도 했지만 그게 사라졌다는 것이다.

하지만 그렇다고 해도 그에게는 남는 것이 없다.

연금을 빼고는 말이다.

국립묘지도 가지 못하고, 장성으로서의 모든 예우가 사라진다.

"도대체 무슨 생각을 한 거냐?"

동기는 혀를 끌끌 차며 말했다.

"내가 그러니까 큰일 난다고, 적당히 하라고 했잖아."

"씨발, 내가 뭘 잘못했는데! 강한 훈련이야말로 군인에게는 최고의 복지다! 몰라?"

"이 멍청한 새끼야! 그러면 제대로 하든가! 이게 훈련이야? 가혹 행위지!"

참던 동기는 결국 발끈했다.

그렇잖아도 그 때문에 주변에서 시끄러운 상황이다.

미래를 위해서는 그와 손절해야 한다.

하지만 동기여서 경고를 해 주러 온 건데, 그는 들은 척도 하지 않고 있었다.

"아, 몰라! 너 마음대로 해! 그만두든 불명예제대를 당하든, 나는 모르겠으니까."

"야…… 야!"

"아, 모른다니까! 우리 인연 여기까지인 것 같다. 알지? 이제 너랑 엮이면 상황 안 좋아져. 연락 안 했으면 좋겠다."

동기는 종갑석의 말은 들은 척도 않고 그를 뿌리치고 나갔다.

뒤에 남은 종갑석은 멍하니 동기가 나간 문만 바라보고 있을 수밖에 없었다.

⚖

"종갑석이 그만뒀다고 하더군요."

장진수는 잔뜩 흥분한 얼굴로 말했다.

"그 미친놈이 드디어 그만두다니! 진짜 우리는 아무것도 못 했는데요!"

"원래 군 생활이라는 게 그런 겁니다. 부패한 조직일수록 위로 올라가는 게 절박하지요."

올라가면 더 많은 것을 누릴 수 있으니까.

부패한 조직에서의 승진은 일반적인 조직에 비해 훨씬 달콤하다.

부패한 만큼 더 많은 것을 해 먹을 수 있고 더 큰 권력을 가지기 때문이다.

"그게 종갑석과 다른 장교들이 그렇게 승진에 목매다는 이 유니까요."

바깥이라면 그들은 능력이 안되어서 그곳까지 올라가지 못할 가능성이 높다.

하지만 군대니까.

적당한 뇌물과 적당한 '싸바싸바'로 승진해서 권력의 꿀을 맛볼 수 있으니까.

"하지만 종갑석은 이제 그 라인에서 벗어났지요."

그는 자신의 직속상관에게 부정적인 이미지가 박혔다.

"이제는 아무리 실적이 좋아도 그는 승진 못 합니다."

도리어 징계가 심해지면 그나마 쌓여 있는 연금도 못 받게 된다.

기본적으로 장군쯤 되면 연금 금액도 어마어마하다.

"공직에 있는 자들이 문제가 터지면 징계가 끝나기 전에 잽싸게 그만두는 이유가 그거지요."

파면을 앞두고 있다면 더더욱 그만둘 수밖에 없다.

파면당하는 경우 법적으로 국가에서 낸 연금은 몰수 대상이 된다.

즉, 자신이 낸 부분만 받을 수 있다는 건데, 그 말은 연금이 절반으로 줄어든다는 걸 의미한다.

"그러니 그만둘 수밖에 없지요."

그래서 종갑석은 그만뒀다.

"그리고 이제 종갑석도 피해자도, 둘 다 군인이 아니지요."

"이제 정식으로 고소할 수 있겠군요."

장진수의 말에 노형진은 고개를 끄덕거렸다.

"그에게 이제 군대라는 실드는 사라졌습니다."

종갑석은 숨이 턱턱 막혔다.

그가 그만두기 무섭게 몰려든 엄청난 수의 업무상 과실치사상 사건들.

"피고인은 군에 있을 당시에 병사들에게 가혹 행위를 했지요?"

"하지 않았습니다."

"그래요? 하지만 증인들은 다른 말을 하는데요. 증인이 특급 전사가 되지 못했다는 이유로 외출, 외박은 물론 휴가도 못 가게 막았다고 하던데요?"

"그건 어디까지 병사들의 사기 진작을 위해서……."

기소를 한 검사, 오광훈은 피식 웃었다.

"피고인, 진짜로 그게 병사들의 사기 진작에 도움이 될 거라 생각합니까?"

"그렇습니다."

"그래요? 하지만 피고인을 고소한 피해자들은 그렇게 생각하지 않는 것 같은데요. 피고인을 고소한 사람이 무려 이백 명이 넘는다는 건 아십니까?"

"그건……."

종갑석은 말문이 막혔다.

실제로 그가 진짜 사기 진작을 위해 그런 말도 안 되는 짓을 한 건 아니니까.

"피고인, 이 자료가 뭔지 압니까?"

서류를 내미는 오광훈.

서류에 적힌 수치를 보고 종갑석은 당당하게 말했다.

"이건 대한민국 특급 전사 기준표입니다."

"그렇군요. 그런데 이 기준을 보면 말이지요, 3천 미터 달리기 12분 30초, 팔굽혀펴기 2분 72개, 그리고 윗몸일으키기 2분 82개네요?"

"그렇습니다."

오광훈은 피식 웃었다.

그 또한 이 수치를 보고 미친 새끼라고 했으니까.

물론 이 수치를 달성하는 사람이야 당연히 있을 수 있다. 불가능한 일은 아니니까.

하지만 그게 가능한 건 말 그대로 극소수다.

"그러면 그 옆에 있는 수치는 뭔지 아십니까?"

"이건……?"

"미국 네이비씰의 합격 기준입니다. 3천 미터로 환원할 때 13분 10초, 팔굽혀펴기는 2분에 50개, 윗몸일으키기는 2분에 50개군요."

오광훈은 그렇게 말하고는 종갑석을 바라보며 물었다.

"이건 밥 먹고 운동만 하고 충분한 지원도 받으며 자기가 원해서 군대에 온 전문 전투 요원의 기준 수치입니다. 그리고 알지 모르지만, 백인이나 흑인은 동양인에 비해 체력이 좋지요."

이어지는 오광훈의 말투는 몹시 차가웠다.

"그러니까 피고인은 징병된 병사들에게 미 네이비씰 이상의 점수를 요구한 거네요?"

"당연합니다! 그건 제 정당한 명령권이라고 생각합니다!"

"그렇군요."

오광훈은 고개를 끄덕거렸다.

이렇게 나올 거라는 건 이미 노형진에게서 들었다.

군대라는 조직. 아무리 불합리하다고 해도 명령이라는 말 한마디로 합리화되는 곳.

"그런데 말이지요, 피고인은 특급 전사가 되지 못한 병사들에게서 일괄적으로 두 시간씩 수면 시간을 빼앗아서 체력 훈련을 시켰지요? 그것도 명령으로요."

"그렇습니다."

"그러면 피고인은 소장으로서 육군 참모총장 이상의 권한을 가지고 있다고 주장하는 겁니까?"

"아닙니다!"

"아니긴 뭐가 아닙니까? 육군 참모총장의 명령에 따르면 병사들에게는 평균 여덟 시간, 최소 여섯 시간의 취침 시간을 보장하도록 되어 있습니다."

물론 그사이 근무를 하거나 하는 이유로 인해 대부분의 병사들이 그 수면 시간을 보장받지 못하지만, 일단 규정은 그렇다.

"재판장님, 여기 이 서류를 봐 주시기 바랍니다. 피고인의 명령으로 인해 두 시간의 취침 시간을 박탈당하는 경우를 가정하고 설정한 시간표입니다. 보다시피 피고인은 취침 전 한 시간, 기상 전 한 시간 동안 강제로 체력 단련을 하도록 했습니다. 한 시간의 훈련 이후 씻는 데 30분을 잡아야 합니다. 그리고 그 후에 병사는 근무를 나가야 합니다. 일반적으로 평균 근무시간은 한 시간이지만, 왕복 한 시간을 잡습니다. 자기 전 한 시간 30분의 시간을 빼앗기고, 이후 두 시간의 근무시간을 빼앗기고, 기상 전 한 시간 반을 또 빼앗깁니다. 그러면 총 초과근무 시간은 다섯 시간입니다."

오광훈은 그렇게 말하면서 주변을 둘러보았다.

"피고인의 부대에서 과로로 사망한 병사가 마흔 명이 넘습니다. 이게 과연 우연일까요? 하루 평균 세 시간의 취침은 군법에서 절대 금지하고 있는 가혹 행위입니다."

군대에서도 잠을 재우지 않는 행위를 명백하게 가혹 행위로 판단해서 처벌한다.

"그게 장군의 명령으로 이루어졌습니다. 그게 정상적인 판단이라고 생각하십니까?"

"그건 군법상 정당한 명령권……."

"그러니까 근무시간을 감안해서 한 거 맞습니까?"

"……."

"그나마 이건 최고를 기준으로 맞춘 겁니다. 만일 3번초쯤 되면 아예 잠 못 잡니다."

1번초가 갔다 오고 2번초가 가는 사이에 훈련하고 와서 씻은 후 3번초로 바로 나가야 한다.

결국 3번초는 씻고 잠도 못 잔 상태에서 근무를 나가야 하는데, 그러면 12시부터 1시 근무가 된다.

돌이오면 1시 30분에서 2시다. 그리고 새벽 체력 훈련 시간은 새벽 5시다.

즉, 그들의 기상 시간은 새벽 4시 30분이다.

아무리 길어 봐야 두 시간 30분 정도 자는 거다.

"이게 사람 죽이는 거지 훈련입니까?"

만일 일반적인 병사들의 최소한의 삶을 아는 사람이었다면 이런 황당한 짓거리는 하지 않았을 것이다.

병사들에게 근무는 필수적인 일이고, 대부분은 그 때문에 짧게는 두 시간, 길게는 세 시간씩 기본적으로 못 자는 것이 현실이다.

하지만 종갑석은 그런 건 전혀 감안하지 않았다.

"그리고 여기 보니까 재미있는 기록이 있더군요. 종종 밀어내기 근무를 시켰더군요."

밀어내기 근무란, 한 지역에서 근무한 사람이 다시 옆 초소로 가서 근무하는 것을 뜻한다.

일반적으로 병력이 부족한 경우에 그런다.

"그런데 그 병력이 부족한 이유가 웃깁니다. 과도한 훈련으로 인해 병력 중 상당수가 입원하면서 인원이 부족해진 걸로 되어 있군요."

"누가 그럽니까!"

"그 당시의 계원들이 증언한 겁니다."

"크윽."

병사들의 근무를 짜는 건 계원이다.

당연히 장군이 모르는 것도 알고 있을 수밖에 없다.

"그렇게 밀어내기 근무까지 하면 병사는 아예 잘 시간이 없습니다만?"

"그건……."

"그리고 그 당시에 병사 한 명이 조회 중에 쓰러졌다고 군기 교육대로 보냈다고요?"

그건 그의 잘못이 아니다.

며칠간 제대로 자지도 못하고 훈련을 받았으니 쓰러지지

않을 수가 없었던 것이다.

"그건 정신력이 약해서입니다!"

"네, 물론 정신력으로 버틸 수 있었겠지요. 일주일간 총 수면 시간이 열 시간이 안 되었다는 점만 빼고요. 혹시나 해서 말씀드리는데 그 쓰러진 병사, 피고인이 그렇게 사랑하는 특급 전사입니다."

당연하게도 그도 이번 사건에 참가하고 있었다.

자신의 잘못이 아닌데도 쓰러졌다는 이유 하나만으로 그는 군기 교육대에 끌려갔고, 이후 체력 증강이라는 이유로 부대 원 전원에게 학대에 준하는 강제 체력 단련이 이루어졌다.

당연히 그가 돌아왔을 때 주변에서는 그를 위로하고 받아들인 게 아니라 배신자나 무슨 인생 패배자 취급했고, 그의 남은 군 생활은 제대로 꼬여 버렸다.

"그리고 가혹 행위는 그것뿐만이 아니지요."

오광훈은 미리 준비한 서류를 판사에게 건넸다.

"재판장님, 이건 식품영양학자가 제출한 영양학 표입니다. 피고인 측, 이게 무슨 의미인지 알겠습니까?"

"그게 왜요?"

전혀 모른다는 표정이 되는 종갑석을 보면서 방청석에 앉아 있던 노형진은 씁쓸한 얼굴이 되었다.

'저런 새끼가 장군이라고 있으니 나라가 이 모양 이 꼴이지.'

물론 그걸 몰랐던 것은 오광훈도 마찬가지지만, 최소한 오광훈은 누구에게 밥을 줘야 하는 사람이 아니다.

"일단 이 부분을 봐 주시기 바랍니다. 피고인 측이 주장한 체력 단련의 기준을 맞추기 위해서는 극단적인 단백질 지원이 필요합니다. 이 식품영양학과의 기준에 따르면 식사의 60% 이상이 단백질로 구성되어야 하며 그게 여의치 않은 경우 단백질 파우더 등을 통해 단백질을 공급해야 한다고 합니다."

근육은 운동만 한다고 느는 게 아니다.

모든 것은 원료가 있어야 돌아간다.

그건 인간도 마찬가지.

근육이 만들어지고 움직이기 위해서는 어마어마한 단백질이 필요하다.

"그래서 미군의 경우 아예 자기 전용 단백질 파우더를 하나씩 두고 먹습니다."

그것뿐만 아니다. 미군의 식사는 기본적으로 단백질이 풍부하게 만들어져 있다.

"그에 반해 대한민국의 단백질 공급량은 터무니없이 낮습니다."

1식 3찬으로 구성된 군대 식단.

그런데 그 안에서 일단 밥은 탄수화물이다. 콩나물이나 김치 등 역시.

단백질의 양은 미미하다.

"단백질은 고기지요. 하지만 대부분의 경우 고기는 아주 조금 나옵니다."

제육볶음 또는 닭볶음탕 같은 경우 단백질이라고 할 수 있지만 지급되는 양은 말도 안 되게 적다.

영양학적으로 운동을 통해 근육을 만들고 체력을 키우기 위해서는 고기가 필수적이다. 하지만 대한민국의 군 급식은 탄수화물이 80% 이상을 차지한다.

"그런 상황에서 근육의 성장은 늦어질 수밖에 없습니다."

오광훈의 말에 종갑석은 입을 쩍 벌렸다.

그런 건 생각해 본 적이 없으니까.

하긴 그런 걸 생각할 정도의 장군이었다면 이런 일도 없었을 것이다.

"단백질이 없으면 근육이 찢어지고 보수할 재료가 없어집니다. 그리고 그 찢어진 부분에서 융해가 발생하며 급성 신장병이 발생해서 사망하게 됩니다. 이번 사건처럼 말입니다."

"아…… 아니, 그건……."

"더군다나 피고인이 한 훈련을 다 마치면 20세 성인 남자 기준 하루 평균 1만 칼로리 이상이 소비됩니다. 하지만 한국의 성인 남성 권장 칼로리는 2,700칼로리입니다. 군대 식사 역시 그걸 기준으로 정해지지요."

거기까지 말한 오광훈은 잠깐 침묵을 지키다가 노형진을 바라보았다.

그리고 씩 웃었다.

노형진이 알려 준 생각지도 못한 공략 부분.

"그러면 부족한 7,300칼로리는 어디서 보충했을까요?"

종갑석은 말하지 못했다. 모르니까.

"군 내 매점입니다. 우리 장병들이 나라를 지키러 왔습니다. 박봉에 훈련을 받았는데 사실상 종갑석은 그들을 굶긴 것과 다름없는 학대를 했고, 그 과정에서 잠도 재우지 않았으며, 그 군 생활마저도 자신과 가족들의 돈으로 하도록 강요했습니다. 이게 정상적인 업무라고 보이지는 않습니다, 재판장님."

오광훈의 말에 종갑석은 고개를 푹 숙였다.

⚖️

"결국 업무상 과실치사가 인정되는군요."

"민간 재판이니까요."

더군다나 그거 저지른 수많은 잘못에 대한 증언과 증거가 넘친다.

그렇다 보니 어렵지 않게 업무상 과실치사가 인정된 것이다.

"종갑석은 인생이 끝났겠네요."

노형진의 말에 장진수는 머리를 흔들었다.

"그 녀석만 끝난 게 아니랍니다."

"네?"

"지금 국방부에서 난리가 났습니다. 장군급에서 부당 명령을 통해 훈련을 시키거나 월권행위를 한 게 있는지 조사하고 있거든요."

"허 참, 빠르기도 하여라."

"일단 종갑석이 잡혀갔으니 좀 나아지겠지요."

"나아질 수밖에 없겠지요."

다른 사람도 아니고 직속상관들에게 관리 책임을 물었으니까.

설마 상관에게 관리 책임을 물을 줄은 몰랐을 것이다.

그것도 대통령에게까지 말이다.

"종갑석뿐 아니라 그런 식으로 병사들을 승진의 제물로 삼는 놈들이 있다는 건 익히 알려져 있었지만요."

결국 군대에서 나올 사람들이다.

당장 본인은 나오지 않는다고 해도, 결국 병사들은 제대해서 나온다.

"그리고 그때는 그 병사들이 자신들의 주인이 된다는 걸 몰라요."

군대에서나 병사가 자기 부하고 노예이지, 개구리 마크 딱 붙이고 바깥으로 나오는 순간 그들은 민간인이고 군인들이 주먹질이라도 하면 그 인생을 종 치게 되는 국민들이다.

"우리는 노예가 아니라 주인입니다."

"이번 사건으로 확실하게 알겠지요."

"글쎄요."

노형진은 어깨를 으쓱했다.

"그럴 것 같지는 않은데요. 군대 아닙니까?"

장진수는 그냥 씁쓸하게 웃을 수밖에 없었다.

'군대'니까.

"군대가 엿 같은 건 아마 영원할 겁니다, 후후후."

그건 부정할 수 없는 현실이었다.

이것이 법이다

어디서 파리가 꼬인다?

"오 검사님, 오늘 어디 갈까요?"

"나 야근이다."

"맨날 야근이래."

백자연은 입술을 삐죽 내밀며 의자에 길게 기대앉아 툴툴거렸다.

그런 그녀가 어지간히도 귀찮았는지, 오광훈은 백자연을 쳐다보지도 않고 서류에 코를 박은 채 손을 휘휘 내저었다.

바빠 죽겠는데 찾아와서 저러는 걸 보니 속이 쓰렸다.

"제발 가라, 응? 넌 수업도 안 듣니?"

"대학 때려치웠다니까요."

그 말에 어이가 없어진 오광훈이 보고 있던 서류에서 눈을 떼고는 백자연을 쳐다보았다.

"아니, 넌 대학도 안 갔잖아."

"전 모델 할 거예요. 모델."

그렇게 말하며 자세를 잡는 백자연.

그러자 오광훈이 한숨을 내쉬었다.

"뭘 하든 좋은데 제발 가 주면 안 될까? 주변에서 매일 이상하게 본다고."

"아니, 이상할 게 뭐가 있어요? 저처럼 예쁜 여자 친구를 두고."

"야! 제발 나 좀 살자! 진짜 검찰청에서 은팔찌 차고 끌려가는 꼴을 봐야겠냐?"

"걱정 마세요. 1년만 참으면 돼요."

"아니, 난 참기 싫어."

"어머, 어머. 야해라."

"아니, 그게 아니라…… 으아아아!"

결국 소리를 지르는 오광훈.

그러자 사무실에 놓인 의자에 앉아 그걸 보고 있던 노형진이 피식 웃었다.

"아주 질질 끌려다니는구나."

"그런 거 아니야! 아니라고! 아, 미치겠네."

"자연아, 그만해라. 저러다 진짜 광훈이 미치겠다."

"쳇, 노 변호사님은 재미가 없어."

"너희들은 왜 내 사무실에서 이러고 있는데? 여기 검사 사무실이야! 왜 마음대로 들어와서 이러냐고!"

원래는 업무로만 와야 하고 보안 과정도 거쳐야 하는 게 여기다.

그런데 이 둘은 아주 당연하다는 듯 와서는 자리 잡고 있었다.

"어머, 모르세요?"

"난 진짜 모르겠거든!"

그 말에 백자연의 눈이 동그래졌다.

"오늘 생일이잖아요?"

"누구?"

"검사님요."

"응?"

오광훈은 당황했다.

생일이라니? 그의 생일은 아직도 멀었다.

그리고 작년에도, 재작년에도 생일을 챙긴 기억이…….

'아…….'

그가 기억하는 생일은 부활하기 전의 생일이다.

진짜 오광훈의 생일은 오늘이 맞다.

"그래, 너 생일 맞아."

노형진도 쓴웃음을 지으면서 말했다.

백자연이 황당한 표정으로 오광훈을 쳐다봤다.

"아니, 어떻게 자기 생일도 몰라요, 검사님?"

"아니, 내가 모를 수도 있지, 뭘……."

오광훈은 어색하게 웃으면서 말했다.

자기 생일이라는 것을 머리로야 알지만 그걸 감성적으로 느낄 이유는 없으니까.

그에게 생일이란 그저 주민등록번호 앞자리에 지나지 않았다.

"제가 그래서 서프라이즈 하려고 왔지요!"

"백자연 넌 그렇다고 치고, 형진이 넌?"

"나? 나는 그냥 불려 왔어."

"아니, 왜?"

"제가 아는 오 검사님 친구분이 노 변호사님뿐이잖아요."

"그건 그렇지."

노형진은 그렇게 고개를 끄덕거리다가 문득 한 가지 문제에 생각이 미쳤다.

"어, 그리고 보니 너 가족은?"

"응…… 어어……."

오광훈은 가족이 있는 사람이다.

그는 빠르게 성장하던 사람이었고 가족들의 기대도 한 몸에 받던 사람이었다.

그런데 다시 살아난 후의 그는 가족에 대해 거의 모른다. 아니, 전혀 모른다.

"아…… 그게…… 찾아뵌 지 오래되었지, 좀…….″

결국 그렇게 되는 거다. 서로 알지를 못하니까.

찾아가서 인사도 하지 않게 된다.

'흠…… 이건 생각도 못 한 문제인데.'

물론 노형진이 해결해 줄 수는 없는 문제다.

결국 오광훈이 나서서 해결해야 하는 것이다.

"이런 날은 전화라도 좀 해 보고 그래. 그래도 부모님이잖아."

"그건 그렇지."

"어머 어머, 어머님 아버님께 가시게요?"

"우리 부모님이거든?"

"그러면 시어머니라고 불러 드려요?"

"너 데리고 가면 나 진짜 맞아 죽는다."

눈을 찌푸린 오광훈.

그는 머리를 흔들었다.

일단 생일이라고 하니 그냥 넘어갈 수는 없는 노릇이다.

"그래, 나가자. 나가서 저녁이나 먹자. 노 변호사가 사는 거지?"

"불쌍한 여고생이 무슨 돈이 있겠어요?"

"그럴 것 같아서 순순히 나온 거다. 가자. 그렇잖아도 한 번 너희들에게 구경시켜 주고 싶은 곳이 있기도 하고."

"어딘데요?"

고개를 갸웃한 백자연. 그리고 다음 말에 주먹을 불끈 쥐었다.

"이 근처에 랍스터 뷔페가 있다고 하더라."

"라…… 랍스터 뷔페!"

"그래. 어디 허리띠 풀어 놓고 한번 먹어 봐라."

"아싸!"

그렇게 오광훈이 그들을 데리고 나가려는 때였다. 문이 빼꼼 열리더니 여직원이 고개를 들이밀었다.

"오 검사님, 손님이 오셨어요."

"손님? 오늘 예약된 손님이 없는데?"

개인적인 손님이라면 여기까지 오지 않는다. 보통은 말이다.

여기에 오는 사람은 변호사나 피의자가 보통이다.

그런데 자신에게 손님이라니?

"학생인데, 들어오라고 할까요?"

"뭐지? 제보인가? 들어오라고 해요."

"네, 검사님."

문을 열고 들어오는 학생.

교복을 곱게 입은 여학생이다. 그런데 그 외모가 백자연이 경계할 만큼 뛰어났다.

"누구예요, 저분은?"

좋게 '저분'이라고 하기는 했지만 당장 백자연은 경계심을 드러냈고, 오광훈은 완전 당황해서 어쩔 줄 몰라 했다.

그리고 직원들은 문틈으로 빼꼼하게 상황을 구경했다.

아마도 그들은 여고생 두 명 사이에서 갈등하는 오광훈의 모습을 생각했을 것이다.

그리고 그건 노형진도 마찬가지였다.

'뭐야, 또 여고생이야? 아니, 이 새끼는 다시 살아나더니 무슨 여고생만 꼬이냐? 전생에 나라를 구했나? 아니, 이건 나라를 팔아먹은 건가? 아니, 전생은 조폭이잖아?'

노형진조차도 당황해서 바라보자 그녀는 씩 웃으면서 한쪽 손을 스윽 올렸다.

"여, 조카."

"어?"

"어?"

"네?"

다들 당황해서 말문이 막혔다.

조카라니?

모두의 시선이 오광훈에게 쏠렸고, 오광훈은 잔뜩 붉어진 얼굴로 헛기침을 했다.

"험험."

"오랜만이야, 조카."

"아…… 안녕하십니까…… 이모님."

"이모오?"

"이모라고!"

"헐."

이모. 그러니까 어머니의 여자 형제를 뜻한다.

오광훈의 어머니와 항렬이 같으며, 같은 부모님에게서 태어난 사람.

'그런데……'

아무리 봐도 여고생이다. 그냥 여고생.

오광훈의 나이를 생각하면 터무니없는 말이다.

"오랜만에 왔더니 하하, 어색하네, 조카."

"아닙니다, 이…… 이모님."

이모님이라고 인사를 하면서도 어색해서 죽으려고 하는 오광훈.

하긴 누군들 안 그러겠는가?

띠동갑 이상의 차이가 나는 이모라니, 그것도 아래로.

"이모오?"

노형진은 그 둘을 번갈아 보다가 혀를 내둘렀다.

'이건 오광훈의 외할아버님을 존경해야 하는 거 아냐?'

물론 가능하다는 건 알고 있지만, 설마 이 정도로 나이 차이가 나는 상황을 현실에서 맞닥뜨리게 되다니.

하긴, 옛날에는 조카와 삼촌이 똑같이 젖 먹으면서 크는 일도 많았다니까.

"그런데 이모님이 여기는 어쩐 일로……?"

"아, 그게 말이지, 이야기 좀 할까 해서 왔는데……. 아, 생일이지. 생일 축하해, 조카."

"네."

"이건 내 선물."

선물이라고 주는 걸 받은 오광훈은 묘한 표정이 되었다.

어디 뽑기에서 뽑았을 만한 열쇠고리였으니까.

"어흠, 근데 어디 가려고, 조카?"

"어…… 그러니까 랍스터 뷔페에……."

"라, 랍스터 뷔페!"

눈을 반짝이는 이모님.

오광훈은 간절한 눈빛으로 노형진을 바라보았다.

제발 빼 달라고. 제발 우리끼리 가자고.

물론 그런 그의 애타는 눈빛을, 노형진은 모른 척할 생각
이 없었다.

"같이 가시겠어요, 이모님?"

그러나 그렇다고 이 재미있는 상황을 그냥 넘어갈 노형진
도 아니었다.

"우와아아!"

산더미처럼 쌓여 있는 랍스터.

그걸 보고 입을 쩍 벌리는 이모님과 백자연.

"자, 그러면 가서 챙겨 와. 우리는 자리를 잡아 두지."

그 둘을 보낸 노형진은 오광훈의 옆구리를 쿡 찔렀다.

"이모님? 이게 뭔 소리야?"

"끄응, 오광훈, 아니 내 엄마는 첫째야."

외할아버지가 그녀를 낳았을 때가 스물세 살이었다고 한다. 그리고 이 어린 이모님은 막내딸.

"생리학적으로는 충분히 가능하기는 한데, 허."

"아, 그러니까 나도 미치는 줄 알았다. 처음 가서 '아이고, 예쁘다.' 하고 머리 쓰다듬어 줬는데 이모님이라고, 미쳤냐고 하더라."

머리를 부여잡고 한숨을 푹푹 쉬는 오광훈.

"아니, 이 무슨 막장 상황이야? 여고생 이모님이라니."

"큭큭. 아이고, 배야. 너 참 인생 재미있다."

"너만 재미있거든!"

오광훈은 툴툴거리면서 한숨을 푹 쉬었다.

"그런데 왜 온 거야? 보아하니 너랑 친한 것 같지도 않은데."

"아니, 겁나 좋아해."

"엥? 좋아한다고?"

"그래, 그렇잖아. 자기보다 나이 많은 조카라니, 겁나 재미있는 상황이기는 하지, 내가 조카만 아니면."

"그렇기는 한데."

확실히 아까 조카라고 부르는 모습에 어색함은 없었다.

평소에도 그렇게 부르기도 하는 모양이었다.

"그래도 여기까지 생일이라고 온 것 같지는 않은데?"

"그건 그런데."

오광훈은 머리를 긁적거렸다.

"뭐, 학교 폭력 같은 거 상담하려고 하나?"

"그럴 리가 없지."

오광훈은 코웃음을 쳤다.

"내가 학교를 몇 번이나 갔는데?"

"엉? 갔다고?"

노형진은 그 말에 고개를 갸웃했다.

오광훈이 나이 어린 이모님을 보기 위해서 학교에 찾아갈 인간은 아니니까.

"그래. 몇 번이나 찾아갔다. 어머니가 막냇동생이 학교 폭력이라도 당할까 봐 엄청 걱정하셨거든."

"어쩐지. 하긴 그러겠네."

부모님도 나이가 많으면 빠르게 대응하기 힘든 것이 사실이다.

그래서 왕따를 당하는 경우도 많고.

하지만 가족 중에 검사, 그것도 유명 검사가 있다고 하면 상황은 달라진다.

학교 교장과 선생이 그냥 두고 볼 리가 없다. 소문이 나면 학폭 가해자들도 알아서 긴다.

하물며 오광훈은 방송에도 나왔던 유명 검사다.

그런 그가 학교에 와서 인사했는데 미치지 않고서야 학교 폭력을 벌일 리가 없다.

"그러면?"

"글쎄. 나도 모르겠어. 소개팅이라도 시켜 주려고 하나?"

"그럴 리가 없지."

아무리 이모라고 하지만 그녀는 고등학생이다.

미치지 않고서야 친구를 소개해 줄 리가 없다.

"하지만 선생님도 있잖아."

"그런 거라면 너희 어머니가 이야기를 꺼내지, 이모님이 직접 여기까지 오겠어?"

"어, 그런가?"

"그래. 일단 먹고 이야기하자."

그러는 사이 어마어마한 양의 랍스터를 가지고 온 두 소녀를 보면서 노형진은 혀를 내두를 수밖에 없었다.

⚖

"그런데 이모님, 저를 왜 찾아오신 거예요?"

산더미같이 쌓인 랍스터들이 상당히 사라졌을 즈음이었다. 오광훈은 어린 이모에게 슬그머니 물었다.

"어, 그러니까……."

이모는 슬슬 눈치를 보다가 되물었다.

"근데 소개는 안 시켜 줘?"

"아, 이쪽은 이모님. 이쪽은 노형진 변호사고 제 친구구요, 이쪽은 백자연이라고 그냥 아는 동생."

"아니, 내가 얼마나 공을 들였는데 아직도 아는 동생이에요!"

"아니, 좀 그냥 넘어가지."

"아니, 내가 왜 그냥 이모님이야! 이모님이 내 이름이냐!"

"아, 진짜. 그냥 좀 넘어가죠."

툴툴거리면서 다시 소개하는 오광훈.

"이쪽은 서슬기라고, 내 이모님. 이쪽은 백자연이라고, 나 좋다고 따라다니는 이상한 여자애."

"아니, 왜 나는 빼먹는데?"

"넌 또 왜 그러는데? 넌 변호사 맞잖아!"

오광훈이 발끈하자 노형진은 그 모습을 보면서 키득거렸다.

"장난은 그만하지요. 도대체 왜 오신 거예요? 이모님이 여기까지 오신 적은 없잖아요?"

그녀가 사는 곳은 경기도다. 그리고 오광훈이 있는 곳은 서울이고.

그 말은 그녀가 학교 수업을 째고 왔다는 소리다.

문제가 있다는 걸 알아채는 것은 어려운 일이 아니었다.

"도대체 무슨 일 때문에 오신 건데요, 이모님?"

"이거…… 여기서 말해도 되려나?"

서슬기는 슬슬 주변을 둘러봤다.

"차라리 이런 곳에서 말하는 게 나을 겁니다. 생각보다 사람들은 이런 곳에서 남에게 신경 쓰지 않거든요."

"음…… 노 변호사님이 그렇게 말씀하시면……."

서슬기는 잠깐 고민하다가 입을 열었다.

"우리 선생님이 계신데 좀 뭐랄까, 곤란한 상황인 것 같더라고."

"선생님? 선생님이면 자기가 알아서 할 나이입니다, 이모님."

단호하게 말하는 오광훈.

"나도 그렇게 생각했지. 하지만 수업하다가 갑자기 뛰쳐나가서 우는 건 정상이 아니잖아. 그래서 몇 번 물어봤는데 별일 아니라고 하시기는 하는데……."

"친한가 봐요?"

"친하기는 하지. 나 외교관 되는 게 꿈이잖아."

그래서 열심히 영어 공부를 하고 있었고, 그 덕분에 영어 성적은 언제나 톱이었다고 한다.

"그래서 개인적으로 친해지기도 했거든. 영어 선생님이라."

그런데 언제부터인가 갑자기 이상 증세를 보이고 수업 시간에 나타나지 않기도 해서 학교에서도 한 소리 듣는 등 이상한 모습을 보이고 있다고 한다.

"하여간 이상하다고 생각은 하고 있었는데, 얼마 전에 선생님을 길에서 봤거든. 그런데 아무리 봐도 같이 가는 사람들이 질이 안 좋아 보이더라고. 강제로 끌고 가는 것 같기도 했고."

"친구들끼리 가는 게 아니고요?"

"친구들끼리 가는 건 아니었어. 혹시 몰라서 숨어서 찍었는데……."

그렇게 말하며 두 사람에게 자신의 핸드폰을 건네는 서슬기.

노형진은 오광훈과 함께 핸드폰 사진을 뚫어져라 바라보았다.

"어떻게 생각해?"

"맞아. 친구는 아니네."

네 명 정도 되는 외국 남자들이 가운데에 여성 한 명을 두고 데리고 가고 있다.

그중 한 명은 다정하게 팔짱까지 끼고 있었지만, 아무리 봐도 연인 사이 같지는 않았다.

"이 여성분이 선생님?"

"네, 박서연 선생님이에요."

"흠."

박서연이라고 불린 여자의 얼굴에는 공포가 가득했다.

그에 반해 남자들의 얼굴은 무척이나 밝았다.

"아무리 봐도 이상해서 경찰에도 가 봤는데……."

"경찰이 도와줄 리가 없지."

노형진은 머리를 긁적이며 말했다.

대한민국 경찰은 범죄의 사전 차단은 안 한다. 분명 이상

해 보이기는 하지만…….

"경찰에서 이걸 가지고 수사를 할 리는 없지요."

"그러니까요. 그래서 도와줄 사람을 생각하다…….."

확실히 오광훈은 도움이 될 수 있다. 그는 검사니까.

"어떻게, 도와줄 수 있어?"

"음…….."

곤란한 표정이 되는 오광훈.

물론 이모님의 부탁이기는 하지만 이 상황만 가지고 수사를 개시하는 것은 참 애매하다. 개시를 못 하는 게 아니라, 스스로의 능력이 안된다는 걸 알기 때문이다.

더군다나 외국인 관련 문제라니.

그 순간 노형진이 오광훈의 옆구리를 쿡 찔렀다.

"응?"

"해."

"아…… 응."

노형진이 도와주겠다고 하자 오광훈의 얼굴이 환해졌다.

"당연히 해야지요, 이모님 부탁인데."

"아, 진짜? 고마워! 엄마한테는 내가 잘 이야기해 줄게! 네가 오면 맛있는 것도 해 줄게!"

"아, 네…… 이모님."

오광훈은 왠지 똥 씹은 얼굴로 말했다.

"아…… 무섭다."

"왜?"

"맛있는 거 해 준다잖아. 슬기 걔 요리 겁나 못해."

"슬기라니! 이모님!"

"아, 씁. 없잖아. 그만 좀 놀려라. 그렇잖아도 한참 어린 애한테 존댓말 쓰는 것도 힘들어 죽겠는데."

툴툴거리는 오광훈.

노형진과 오광훈은 두 사람을 돌려보내고 조용한 커피숍으로 가서 이야기하고 있었다.

"그나저나 네가 봐도 이상하지?"

"그래. 표정이 좋지 않아."

사진 속 얼굴에는 공포와 분노 그리고 체념이 뒤섞여 있었다.

아무리 봐도 정상적인 상황은 아니다.

"여기 이태원 같은데."

아무리 봐도 강제로 끌려가는 듯한 모습. 그 모습이 노형진은 이해가 가지 않았다.

"사람이 없는 것도 아니야. 분명 사람은 있어."

이태원 쪽에 사람이 없는 경우는 거의 없다.

살려 달라고 소리 한 번만 질러도 수십 명이 몰려들 것이다.

그런데 그녀는 도움을 청할 생각조차 없어 보였다. 실제로 하지도 않았다고 하고.

"어떻게 생각해?"

"협박받는 것 같은데."

노형진은 고개를 갸웃했다.

"왜지?"

"그건 모르지. 일단 만나 봐야 하나?"

오광훈의 말에 노형진은 고개를 흔들었다.

"글쎄, 그게 쉽지는 않을 것 같은데. 네가 검사인 거 알잖아? 이모가 너한테까지 찾아올 정도면 이미 선생님한테도 이야기를 해 봤을 거야. 그런데 혼자 왔다는 건, 그쪽에서는 만나고 싶지 않아 한다는 거지."

"흠……."

"그리고 말이야, 협박이잖아. 기본적으로 협박이 뭔데? 상대방에게 피해를 입힐 수 있는 걸 가지고 위협하는 게 협박이야."

"그래서?"

"중요한 건 협박의 내용이지."

너를 죽이겠다거나 너에게 신체적 위해를 가하겠다는 식의 위협이라면? 바로 경찰에 신고하면 된다.

"하지만 말이지, 피해자인 박서연은 신고를 하지 않고 있어. 그러면 보통 그건 약점을 잡혔다는 의미거든."

노형진은 빨대를 빙빙 돌리면서 이야기했다.

"약점이라니? 난 이해가 안 가는데."

"쉽게 말해서 신고를 하는 경우 자신도 처벌받거나, 신고해서 받는 불이익이 참는 것보다 훨씬 큰 사건 말이야. 생각해 봐. 정보길드 말이야. 엄밀하게 말하면 그건 협박 아닌 협박이야."

"아, 정보길드. 알지, 뭔 소리인지 알겠네."

노형진이 만든 정보길드. 검찰과 법원에서는 그곳을 어떻게 할 수가 없어서 미칠 노릇이었다.

제보를 강제로 막을 수도 없고, 그렇다고 범죄자들을 보호할 수도 없다.

정보길드가 관리하는 정보가 보안을 요하는 것도 아니고 말이다.

"하지만 당하는 사람 입장에서는 협박으로 받아들여질 수도 있지."

왜냐하면 그게 신고가 들어가면 자신의 인생이 박살 나니까.

그래서 그들은 신고를 못 한다.

하려면 할 수 있는데도.

"그럴 경우 자기들이 저지른 범죄에 따른 처벌이 더 강하니까."

"음…… 그러면 그 박서연이라는 사람이 범죄를 저질렀을 가능성이 높다고 생각하는 거야?"

"응."

노형진은 고개를 끄덕거렸다.

박서연이 서슬기에게는 좋은 선생일 수 있지만 진실은 아무도 모른다.

강력 범죄자들 중에는 주변에서 그런 사람이 아닐 거라고 생각하는 사람이 무척이나 많으니까.

"하지만 그런 타입은 이렇게 겉으로 감정을 드러내지는 않아. 그런데 이 사진에서 박서연은 상당히 감정이 잘 드러나 있어. 그 말은, 이런 상황에 대해 제대로 대응을 못한다는 거지. 그런 타입을 강력 범죄를 저지른 사람으로 보기는 힘들지."

노형진은 그렇게 말하고는 커피를 호로록 마셨다.

"지금 상황을 봐서는 그녀가 곤란한 일에 빠진 것 같고."

"단순히 얼굴이 굳었다는 이유로 그건 너무 억측 아니야?"

오광훈은 고개를 갸웃했다.

노형진은 고개를 끄덕거렸다.

표정이 별로 좋지 않다는 이유만으로 범죄를 저질렀을 거라고 판단한다면 세상에 범죄가 너무 많을 것이다.

"그냥 얼굴만 굳은 거라면 내가 그렇게 판단하지 않아. 사실 내가 그녀가 위험하다고 판단한 이유는 그녀 자체보다는 여기에 있는 남자들 때문이야."

노형진은 서슬기에게서 메일로 넘겨받은 사진을 확대해서 화면을 오광훈에게 내밀었다.

그리고 그 안에 있는 남자들, 그들을 가리키며 말했다.

"이들의 공통점이 뭐 같아?"

"남자?"

"그것도 공통점이기는 하지. 하지만 다른 것도 있잖아."

"어…… 잘 모르겠는데?"

두 명은 백인, 한 명은 흑인, 나머지 한 명은 히스패닉이다.

네 명 다 남자이기는 하지만 그것 말고는 딱히 특징이 없었다.

"그들의 공통점은 머리야."

"머리?"

"그래, 머리. 다들 머리가 짧아."

"아, 그러네. 확실히 머리가 짧아 보이네."

그제야 오광훈은 머리를 뚫어지게 바라보았다.

분명 그들의 머리는 짧았다.

어두운 밤이어서 그런지 제대로 보이지는 않지만 말이다.

"이번에는 복장을 봐. 제법 화려하지?"

"그건 그런데, 그거랑 머리랑 무슨 관계야?"

"복장은 사람의 성격을 표현하기도 하지."

복장이 무척이나 화려하다는 것. 그건 자기를 꾸미고 어필하며 또 으스대는 것을 좋아한다는 뜻이다.

아니면 그런 복장이 잘 어울리는 공간, 그러니까 클럽 같은 곳에서 놀고 왔다는 의미일 수도 있고 말이다.

"그런데 머리는 일률적으로 짧아. 개성이 없지. 그 두 개는 정반대의 성향이야."

"으음······."

"그러면 하나를 강제당했다고 볼 수 있지. 그러면 어떤 걸 강제당한 걸까?"

저런 복장을 강제하는 곳은 없다.

물론 직장에 따라 적정 수준에 맞는 복장을 강제하는 곳도 있긴 하지만, 어디까지나 정장 스타일을 요구하지 이런 화려한 복장을 요구하는 직장은 없다.

"그러면 결국 머리를 짧게 자르기를 요구하는 곳에 있다는 거지. 그런 조직이 과연 어디일까?"

"끄응······ 미군."

오광훈은 어렵지 않게 알 수 있었다.

미군. 그들은 군대이고 머리를 짧게 유지하도록 한다.

하지만 한국군과 다르게 미군은 근무시간이 끝나면 뭘 하든 터치하지 않는다.

"군이 섞여 있는 사건이야."

"아, 씨발. 사건 엿 같아지네."

오광훈도 소파협정에 대해서는 알고 있다.

한국은 처벌권이 없다.

정확하게 말하면, 한국에서 처벌하고 싶다고 해도 미국이 형사재판권을 주지 않으면 처벌을 강제할 방법이 없다.

그리고 대다수의 경우 문제가 터지면 가해자들은 미국으

로 도피성 귀국을 시킨다.

"그런 게 한두 번도 아니고 말이지."

노형진은 전에도 한번 소파협정 때문에 대판 싸운 적이 있었다.

하지만 노형진이 아무리 노력해도 미 정부에서는 해당 조항을 바꿀 생각이 없었다.

"그리고 한국에 오는 미군의 질은 타국에 비해 떨어지는 게 사실이야."

"엥? 어째서?"

"이 소파협정 때문이지."

미국에서는 많은 나라에 파병을 한다.

하지만 한국처럼 굴욕적인 파견 규정을 가진 나라는 없다. 기껏해야 일본 정도?

다른 나라에서는 만일 파견 미군이 범죄를 일으키면 그 나라에서 처벌하는 게 기본이다.

"하지만 한국은 아니지. 쉽게 말해서 사고를 친다고 해도 수습하기 쉽다는 거야."

그래서 질이 좀 좋은 미군 병력은 유럽 등지로 파견한다. 그리고 사고를 칠 가능성이 높은 수준 낮은 병력은 한국이나 일본 쪽으로 파견한다.

"쉬쉬하고 있지만 그게 사실이지."

"그런 질 나쁜 놈들은 안 받아야 하는 거 아냐? 미국은 모병제 국가잖아?"

"그렇지. 문제는 미국인들이 다 애국심에 불타는 것은 아니라는 거지."

미국이 애국심 교육을 하고 군인에게 좋은 대우를 해 주고 있다고 하지만, 그렇다고 해서 군인의 생활이 좋은 것은 아니다.

존경받는 만큼 실제로 위험한 일을 하는 것이 군인이다.

더군다나 한국이나 다른 나라와 다르게 미국의 군인들은 해외로 파견되는데, 그중에는 실제 전쟁 중인 국가도 있다.

직업이기는 하지만 목숨을 잃을 가능성이 충분하다.

"그래서 미국에서도 모병에 응하는 사람들이 많지 않아."

능력이 있는 사람들은 민간 기업에 가면 더 많은 혜택과 지원을 받을 수 있다.

그렇다 보니 미군에 지원하는 사람들은 많지 않다.

"그래서 딱 갈라지는 거지."

군 내부에 남아서 승진할 수 있는 유능한 인력과, 군 내부에서도 승진이 막히면서 퇴출되는 인간.

"그건 한국도 마찬가지지만."

어찌 되었건 그러한 질이 안 좋은 인간들까지 받아들여야 할 만큼 미군의 질은 떨어진 상황이었다.

"계속된 해외파병과 사망으로 인해서 말이지."

결국 질이 안 좋은 군인들이 한국으로 파견되어서 범죄를 저지르는 경우가 많다는 것.

"그럼 이 네 명이 전부 미군인 건가?"

"그렇지 않으면 전혀 다른 인종 네 명이 뭉쳐서 다닐 가능성이 얼마나 될 거라고 생각해?"

"하긴 그러네."

아무리 인종차별을 하지 말라고 해도 인종차별이 있는 게 미국이다.

설사 차별을 하지 않으려고 한다고 해도 거리감을 두는 사람들도 많다.

미국이라면 그럴 수도 있다.

일단 여러 인종이 뭉쳐서 살고 있는 다문화 국가이니까.

"하지만 한국은 아니야."

한국에 그렇게 한꺼번에 오는 남자들은 많지 않고, 그들이 함께 움직이는 경우 또한 생각보다 많지 않다.

"여러 가지 가능성을 보자면 이들은 전원이 미군일 가능성이 높지."

노형진은 그렇게 말하면서 테이블을 두들겼다.

"그리고 그게 아마 신고를 못 하는 다른 이유이지 않을까 싶어."

"다른 이유?"

"그래. 이들은 어차피 미국으로 돌아갈 거니까."

그리고 그들에게 제대로 된 처벌이 이루어질 가능성은 낮다.

"아예 넘겨주지도 않는 거야?"

"거의 안 준다고 봐야지."

살인같이 강력한 범죄라면 워낙 비슷한 사건으로 욕을 많이 먹어서 신병을 인도하기도 한다.

하지만 그렇지 않은 경우, 대부분의 사건에서 신병을 인도하지 않는다.

"힘들 것 같긴 하지만, 이렇게 된 이상 일단은 그 박서연이라는 선생님을 만나 보도록 하자."

"음…… 이거 잘하는 건지 모르겠다."

"잘하는 건지는 일단 가 봐야지."

결과적으로 박서연을 만나는 것은 실패했다.

그녀는 극도로 사람들을 두려워하고 있었기 때문이다.

"선생님은 자기는 괜찮다고 신경 쓰지 말라고 하시네."

"그래서요? 다른 말은 없나요?"

"없어. 걱정하지 말라고만 하고. 전보다 나아진 것 같기도 하고."

"전보다 나아진 것 같다고요?"

서슬기의 말에 노형진은 고개를 갸웃했다.

갑자기 사람이 나아지는 경우는 드물다. 더군다나 심각한 문제라면 더더욱 말이다.

물론 정신적인 압박이 심한 경우 상담 치료나 약을 먹어서 완화될 수도 있지만 현재 상황에서 그녀가 그러는 것 같아 보이지는 않았다.

"혹시 이상 징후가 보이지 않던가요?"

"이상 징후요?"

"뭐, 주변을 정리한다든가."

"어…… 글쎄요? 그건 잘 모르겠는데."

노형진은 서슬기의 말에 팔짱을 끼고는 곰곰이 생각에 빠졌다.

"갑자기 마음이 편해 보인다는 건 그다지 좋은 징조는 아닌데요. 더군다나 문제가 해결되지 않은 상황이라면 더더욱요."

"네?"

"선생님한테 전화 한번 해 보시겠어요?"

"어…… 지금요?"

"네, 지금요."

서슬기는 노형진의 말에 전화를 걸었다.

하지만 몇 번 울리던 통화음은 그냥 끊어져 버렸다.

"끊어져 버렸는데요."

"상황이 안 좋군요. 당장 소방서에 연락해야겠습니다."

"엥? 웬 소방서?"

노형진의 말에 오광훈은 고개를 갸웃했다.

"경찰에는 핸드폰의 긴급 추적 권한이 없어. 만일 핸드폰을 급하게 추적해야 한다고 하면 경찰이 아니라 소방서에 가야 해."

"뭐가 긴급인데?"

"자살."

"뭐어?"

깜짝 놀라는 오광훈.

"아니, 그게 무슨 소리야? 자살이라니?"

"자신이 해결할 수 없다고 판단되는 문제에 대한 인간의 유일한 해결책은 자살이야. 만일 그걸 선택했다면 맘이 편해지는 게 당연하지. 더 이상은 더러운 꼴 보지 않아도 되니까."

하지만 사람이 죽는 건 심각한 문제다.

"경찰에 신고하면 추적하는 데에만 하루 종일 걸릴 거야. 당장 소방서에 전화해. 전화해서, 자살하겠다고 유서를 쓰고 나갔다고."

"아니, 그건 거짓말 아니야?"

"지금 상황을 봐서는 거짓말을 해서라도 일단 살려야지."

노형진의 말에 서슬기는 다급하게 전화기를 들고 119로 연락을 했다.

119에서는 바로 추적을 시작하겠다고 했고 그들이 할 수 있는 것은 결국 기다리는 것뿐이었다.

"이거 우리가 잘못 안 거면 어쩌지요?"

"뭐, 손해 볼 건 없지요. 애초에 처벌 규정이 있는 것도 아니고. 그리고 제가 봐서는 잘못 안 게 아닌 것 같단 말이지요."

오랜 경험이 알려 주고 있었다.

사람이 갑자기 편해진다는 것. 그건 상당히 불안한 증세다.

"기다려 보면 답이 나올 겁니다."

노형진은 혹시 몰라서 바로 움직일 수 있도록 준비를 했다.

그리고 채 30분도 지나지 않아서 연락이 왔다.

박서연을 부산에서 찾았다는 것이다.

"부산?"

"부산에서 자살하려고 했다는군."

"허."

누구도 찾지 못할 곳으로 가서 죽겠다고 부산까지 내려갔던 것.

마침 바다로 뛰어들기 전에 경찰이 발견해서 보호하고 있다고 한다.

"바로 부산으로 가지."

노형진은 자리에서 일어났다.

"누군가를 죽음으로 몰고 갈 뻔한 사건이 뭔지 알아봐야겠어."

⚖

노형진과 오광훈 그리고 서슬기가 부산에 도착했을 때 박서연은 초췌한 모습으로 경찰서에 앉아 있었다.

"선생님!"

서슬기가 불렀지만 그녀는 별 대답을 하지 않았다.

"일단 우리는 자리를 피하자."

"어? 응? 지금?"

"그래, 우리가 저 상황에서 자극하면 더 안 좋아. 지금 심리 상담사를 불렀으니까 조만간 올 거야."

사건이 뭔지 모르지만 중요한 건 그녀의 안정이다.

그랬기에 노형진은 일단 자리를 피했다.

"그나저나 도대체 왜 자살하려고 한 걸까?"

"아마도……."

"설마, 예상 가는 게 있어?"

"대충."

노형진은 눈을 찌푸렸다. 이런 비슷한 사건이 있었으니까.

그건 회귀 전 사건이었다.

그리고 커진 건 지금으로부터 1년 후였다.

'하지만 그때 피해자는 다른 사람이었는데……. 가해자도 다른 사람이었고. 아니야, 결국 끼리끼리 뭉치는 법이니까.'

노형진은 눈을 찌푸리며 말했다.

"내 생각이 맞는다면 아마 이건 국제적인 문제가 될 거야."

노형진의 말에 오광훈이 펄쩍 뛰었다.

"뭐? 국제적? 아니, 난 그런 거 싫은데?"

이것이 법이다

"나도 싫어. 하지만 피할 수는 없을 것 같네."

노형진은 한숨만 나올 뿐이었다.

⚖️

박서연이 그나마 말할 수 있는 수준이 된 것은 구출된 날로부터 사흘이 지난 시점이었다.

서슬기뿐만 아니라 가족들 그리고 심리 상담사가 계속 붙어서 그녀를 다잡아 준 덕분이었다.

그리고 노형진의 예상은 최악의 형태로 맞아떨어졌다.

"그놈들이 그랬단 말이지요?"

"네…… 제가 경찰에 알리면 인터넷에 뿌리겠다고……."

입술을 깨물고 고개를 푹 숙이는 박서연.

서슬기는 너무 충격받은 얼굴이었고 심리 상담사는 상당히 걱정스러운 얼굴이 되었다.

워낙 큰 문제였기 때문이다.

"알겠습니다. 이제부터 저희가 알아서 하지요."

"네? 하지만……."

"걱정하지 마세요. 피해가 가지 않는 방향으로 해결할 테니까요."

노형진은 자세한 상황이나 이야기를 묻지 않았다.

피해자에게 그런 걸 자꾸 캐물으면 그것도 충격이 되는 걸 알기 때문이다.

"모시고 돌아가세요. 이모님도요."

오광훈은 딱딱하게 굳은 얼굴로 말했다.

"조카, 이거 해결할 수 있는 거지?"

"어떻게 해서든 해결하겠습니다. 그러니 이모님도 걱정하지 마세요."

오광훈은 서슬기를 진정시키고 돌려보냈다.

그리고 뒤에 남아서는 주먹을 꽉 쥐고는 테이블을 강하게 내리쳤다.

"이런 개 같은 새끼들! 당장 가서 죽여 버리겠어!"

"죽이고 싶지만 그게 안 되니까 문제인 거다."

노형진은 긴 한숨을 쉬었다.

"이거 신고하면 어떻게 될 것 같냐?"

"이런 씨발!"

당연하게도 그들은 미국으로 도피할 것이다.

신병을 넘겨 달라고 해 봐야 미국에서 순순히 응할 리가 없다.

"물론 미국에 간다고 해서 우리가 놓치지는 않겠지."

이미 한번 비슷한 경험이 있었다.

사고를 치고 미국으로 간 미군이 있었고, 그 사건으로 인해 노형진은 드림 로펌을 만들었으며 지금은 미국에서도 손에 꼽히는 곳이 되었다.

이것이 법이다

"처벌 자체는 어렵지 않아. 성범죄인 만큼 차라리 미국에서 처벌받는 게 더 나아. 한국은 성범죄에 대해서는 믿을 수 없을 만큼 관대하니까."

"큭."

"미국이 덮으려고 귀국시켜 봤자 드림 로펌이 있는 이상 덮지는 못할 거야. 하지만 지금 중요한 문제는 그게 아니잖아. 안 그래?"

"큭, 빌어먹을 개자식들!"

노형진과 오광훈의 표정은 딱딱하기 그지없었다.

그럴 수밖에 없는 게, 사건 자체가 너무나 더러웠기 때문이다.

"몰카라니."

"미친놈들이니까."

박서연이 친구를 만나러 이태원으로 온 것이 사건의 시작이었다.

그녀는 친구를 기다리다가 바에서 술을 한잔했는데 미군으로 보이는 남자들이 추근거린 것이다.

박서연은 그런 그들을 무시했지만 그들이 박서연의 술에 몰래 약을 탔고 그 때문에 그녀는 정신을 잃었다.

그리고 정신이 들었을 때에는 그들에게 이미 강간당한 후였다.

강간만 한 거였다면 신고라도 했을 테지만, 그들이 핸드폰으로 동영상을 찍고는 만일 신고하면 영상을 인터넷에 뿌리겠다고 협박했다.

그래서 박서연은 신고할 생각도 하지 못한 채 계속 불려 나가 매번 동영상을 찍히면서 희망을 잃어 가다가 급기야 자살을 선택하게 된 것이다.

"이 미친놈들이……."

분노에 얼굴이 시뻘게진 오광훈이 부들부들 떠는데, 노형진이 불쑥 입을 열었다.

"미국에서 파티나 술집에서의 철칙이 뭔지 알아?"

"뭔데?"

"무슨 일이 있어도 자기 술잔은 자기가 들고 다닐 것."

노형진은 눈을 찡그리며 말했다.

"미국 영화에서 보면 다들 자기 술잔을 들고 다니잖아."

"그게 문화인 거 아니야?"

"문화이기는 하지. 안전을 위한 거지만."

술에다가 약을 타는 미친놈들이 워낙 많으니 안전을 위해 들고 다니는 거다.

"문화라는 게 그렇게 생기는 거야. 애초에 악수라는 건 왜 생겼는데?"

"하긴, 그러네."

악수라는 문화는 양손에 다 무기가 없다는 걸 입증하기 위해 하는 행동이었다고 한다.

"어찌 되었건 미국에서도 술잔을 놓고 다니는 건 상당히 위험한 행동이야. 그래서 자신도 모르게 술을 놓고 가는 경우에는 술잔을 깔끔하게 버리지. 위험하니까."

하지만 한국은 아니다. 한국에는 그런 문화가 없다.

물론 술에 약 타는 미친놈들이 없는 것은 아니지만 그건 극도로 잘못된 녀석들이고, 대부분의 경우 그런 걸 구할 수 있는 놈들은 상류층이다.

"하지만 미국은 워낙 마약이 널리 퍼진 나라니까."

여자를 기절시키는 약 정도는 쉽게 구할 수 있다.

"하지만 여기는 한국이잖아!"

"한국이라고 하지만 주한 미군이 있잖아. 그 안에 브로커가 없을 것 같아?"

"큭."

"거기에다 처벌도 제대로 안 받는 것 같은데 누가 안 하겠어?"

"그건…… 그러네."

오광훈은 짜증스럽게 머리를 긁었다.

"결국 그냥 신고하는 것밖에 방법이 없나?"

"신고하면 편해지기는 하겠지, 우리 입장에서는. 하지만 그건 별로 좋은 생각은 아니야."

"왜? 어쨌든 처벌은 가능하다며?"

"패거리잖아. 그놈들이 영상을 가지고 있다면 어떻게 했겠어?"

"설마 다른 패거리도 있을 거라는 거야?"

"아마도."

노형진은 차마 회귀 전에 있었다고는 말할 수가 없었다.

'미친 새끼들 같으니라고.'

회귀 전 사건은 이번 사건보다 훨씬 컸다.

그럴 수밖에 없는 게, 한국에서 군 생활을 한 그 미친놈이 미국에 돌아간 후 군에서 퇴출되었던 것이다.

사실 아무리 미군이 인원이 부족하다고 해도 최소한의 수준이라는 걸 지키려고는 한다.

뽑을 때는 몰랐다고 하지만 뽑고 나서 보니 완전히 미친놈이었다면, 당연히 불명예제대를 시켜 버린다.

그놈도 그런 녀석 중 한 명이었다.

'그런데 그 미친놈이 돈이 궁하니까 그 영상을 미국의 포르노 업체에 팔아 버렸지.'

그리고 그게 인터넷에 뿌려져 버렸다.

그 바람에 영상을 본 십여 명이 자살하고 한국에서는 주한미군에 항의하고 미군은 발칵 뒤집어져서 난리가 났다.

그리고 조사 결과 미군 내에 그런 놈들이 모여 있는 집단이 있다는 사실이 밝혀졌다.

그들은 오랫동안 자기들끼리 정보를 공유하면서 사건을 일으켰던 것이다.

그리고 새로운 멤버에게 정보를 넘겨주는 식으로, 마치 주한 미군 내의 범죄 조직처럼 활동해 왔던 것.

피해자는 백 단위가 넘었다.

'그리고 그 상황에서 얼마나 더 많은 피해자가 있는지 알수도 없었지.'

모든 영상이 퍼진 것도 아니었고, 미군 내에서 그들을 특정하는 것에도 한계가 있었다.

반미 감정이 치솟았다.

하지만 예상대로, 처벌은 제대로 이루어지지 않았다.

미국에서는 귀국한 사람들에 대한 적극적인 처벌 의사가 없었고, 한국에서 강하게 처벌을 요구하지도 않았기 때문이다.

결국 그 사건은 수십 명의 자살 피해자만을 남긴 채 역사속으로 묻혔다.

"다른 패거리, 다른 피해자도 있을 가능성이 높아. 강간으로 신고하면 그놈들이 무슨 짓을 할지 몰라."

사건은 1년 후에 벌어진다.

그리고 범인의 근무 시기를 생각하면 그 미친놈은 아직 한국에 있을 가능성이 높다.

'그런데 만일 해직당하면? 그 미친놈이 그걸 뿌릴 거야.'

물론 번개같이 몰아쳐 그들이 가진 모든 걸 압수할 수 있다면, 그리고 그들의 계정까지 통째로 털 수 있다면 해결할수 있다.

"하지만 그게 불가능하다는 게 문제야."

사건이 신고가 들어가면 경찰은 미국에 도움을 요청하고 미국은 미국대로 사건을 조사하기 시작할 것이다.

그러면 그사이에 그들이 그걸 삭제할 수도 있다.

차라리 삭제한다면 다행이다.

하지만 만에 하나 삭제하지 않는 경우, 그 피해는 어마어마해진다.

"그러면 어쩌려고?"

"그러니까 그게 문제다. 한국인 같으면 어렵지 않거든."

판사를 설득하는 건 어려운 일이 아니니까 순식간에 몰아붙여서 유출되기 전에 털어 낼 수 있다.

하지만 저들은 미군이다. 미국의 보호를 받고 있다.

노형진이 아무리 노력한다고 해도 한국의 법 안에서는 어쩔 수 없다.

"더군다나 미국 정부에서 쉽게 넘기려 하지도 않을 테고."

한 명이라고 해도 쉽게 신병 인도를 해 주지는 않는 미국이다. 그런데 지금 이 사건에 관련된 것은 수십 명이다.

더 큰 문제는, 관련자 중에 장교도 있다는 것이다.

'그 문제가 심각했지.'

미국의 장교. 중령 계급.

미국은 한국과 다르게 직업군인이다. 그래서 이등병부터 시작해서 계속 승진해 나갈 수 있다.

실제로 이등병부터 시작해서 장군까지 간 사람도 있다.

물론 현재는 사관학교가 생기고 과거처럼 승진이 쉬운 게 아니라서 그리 흔한 일은 아니지만, 충분한 실력과 경험이 있다면 영관급까지 갈 수 있다.

  문제는 영관급쯤 되면 국가 기밀을 알고 있다는 것이다. 특히 정보 부서라면 더욱 그렇다.

  '딱 그랬지.'

  중령 계급에 정보 부서. 그중 관계자가 있었다.

  미군은 정보 누설 위험을 이유로 범인의 신병을 인도하지 않았다.

  그러다 보니 다른 놈들도 넘길 수가 없다.

  법에는 형평성이라는 게 있기 때문이다.

  동일한 사건인데 누군가는 넘겨주고 누군가는 넘겨주지 않을 수 없으니까.

  결과적으로 그들 중 누구도 한국에 신병이 넘어오지 않았고, 한국 정부는 누구도 처벌하지 못했다.

  "몰카 범죄는 상당히 심각한 범죄야. 강간은 영혼의 살인이라고 하지. 거기에다 몰카라면, 시체를 꺼내서 오체분시하는 수준이지."

  "그러니까 신고를 하든 뭘 하든 그 자식들이 처벌받게 해야지!"

  "문제는 또 있어. 한국에서 몰래카메라 처벌이 너무 약해."

  몰래카메라, 속칭 몰카에 대한 처벌은 성폭력범죄의 처벌

등에 관한 특례법 14조에 따른다.

규정상 5년 이하의 징역이나 1천만 원 이하의 벌금이 떨어진다.

"그런데 대부분의 경우 집행유예로 풀려나."

"집행유예라는 게 약한 처벌은 아니잖아?"

오광훈은 고개를 갸웃했다.

검사가 되기 전에는 집행유예가 만만해 보였지만 검사가 되고 나서 보니 딱히 그런 것도 아니었다.

"물론 그 사람이 공직에 있다면 심각해지지."

만일 공직에 있는 사람에게 집행유예가 떨어지면 그는 파면당하고 연금도 몰수당한다.

그러니 부담이 된다.

"하지만 민간인이거나 공직에 있는 게 아니라면? 집행유예가 무슨 의미가 있어?"

"하긴 그건 그래."

오광훈은 고개를 끄덕거렸다.

"그리고 저놈들은 미군이야. 미군한테 한국 처벌이 먹힐 것 같아?"

미군이 과거에 비해 범죄자의 신병을 인도하는 비율이 높아졌다고 해도 결국은 강력 범죄 기준이다.

그리고 대한민국에서 몰카 범죄는 대부분이 집행유예가 나오는 비강력 범죄다.

"신병을 넘겨주지 않을 거야. 100% 미국으로 도피시키겠지."

"그럼 미국에서 고발하면 되지!"

"아까도 말했잖아. 중요한 건 고발이 아니라니까."

미국에서 고발한다? 그건 어렵지 않다.

십중팔구 미국에서 받는 처벌이 한국보다 더 강할 것이다.

"하지만 그들 중 미친놈들이 그걸 뿌리면?"

"끄응······."

다른 건 문제가 안 된다.

하지만 그건 심각한 문제가 된다.

"도피를 막을 수는 없어. 하지만 그들이 뿌리기 전에 그걸 빼앗는 게 중요해."

"그리고 그건 미군 부대에 있고 말이지."

오광훈은 고개를 돌려서 용산 기지를 바라보았다.

"완전히 첩첩산중이네, 씨발."

"그러니까, 후우."

노형진은 절로 한숨이 나왔다.

전쟁은 본성을 부른다

"힘들 거야. 그걸 가지고 미군에 도움을 요청해 봐야, 증거가 없다면 도와주지 않을 걸세."

노형진은 그나마 정치권에 있는 송정한을 찾아갔다.

그라면 협조를 요청할 수 있을지도 모른다고 생각해서였다.

하지만 역시나 송정한도 고개를 흔들었다.

"자네도 알겠지만 미국은 개인의 프라이버스를 상당히 중요시하네. 설사 그게 미군이라고 해도 말이지."

"그건 그렇지요."

"그리고 자네 말이 맞다고 해도 말이지, 그놈들이 그걸 컴퓨터에 보관할 것 같지는 않네."

"그럴 겁니다."

미군도 바보는 아니다.

개인 컴퓨터라고 해도 해킹의 위험이 있기 때문에 주기적으로 확인한다.

"포르노 같은 거야 미군에서 뭐라고 하지 않겠지만 그런 강간 영상을 그냥 두겠나?"

"그럴 리가 없지요."

노형진은 회귀 전의 기억을 더듬었다.

'확실히 외장 하드에 따로 저장했다고 했었지?'

그래서 문제가 된 것이다.

검사할 때 걸리지 않아서.

미군 내라고 하지만 외장 하드를 감출 만한 공간은 어디에든 있다.

"그런데 아무 증거도 없이 군 내부를 뒤진다는 걸 미군이 용납할 리가 없지 않나."

송정한의 말에 노형진은 고개를 끄덕거렸다.

"그러면 미군 내부에 돌입할 수는 없군요."

"주한 미군 영내에 대한민국 공권력이 들어갈 방법은 없네. 현실적으로 거기는 미국이나 마찬가지야."

"끄응……."

"자네에게 미국통이 있지 않나? 그쪽을 통해 수색하는 건 어때?"

"저도 그러고 싶지만 한두 명이 아니라서요."

"네 명이라면서?"

"일단은 그렇지요."

노형진은 심각한 얼굴로 말했다.

지금 포착된 건 네 명이다.

하지만 마치 하나의 갱단처럼 미군 내에서 활동하던 놈들이다.

'그 당시 영상에 출연한 미군만 스무 명이 넘었지.'

강간에만 참여하고 영상은 찍지 않은 놈들까지 생각하면 숫자는 더 된다.

아니, 간단히 생각해도, 찍는 놈들이 있다고 생각하면 마흔 명은 넘어야 한다.

"이런 사건이 있을 줄이야. 이건 심각한 문제이기는 한데……."

송정한은 걱정스러운 얼굴로 말했다.

"차라리 한국인 범죄였다면 신고되었을 겁니다."

하지만 그게 아니니까. 미군이라는 특수성 때문에 처벌할 방법이 없으니까.

거기에다 영상이 뿌려질지도 모른다는 두려움 때문에 대부분 신고를 포기했을 것이다.

"그리고 진짜로 자살한 사람들도 많을 테고요."

"그렇겠지."

송정한은 턱을 문지르다가 긴 한숨을 내쉬었다.

"그래도 방법이 없는 건 아닐세. 내 미군 감찰부 내부에서 한 명 정도는 소개시켜 줄 수 있을 걸세."

"감찰부요?"

"그래, 내가 전에 일하면서 알게 된 사람이야. 론디 소령이라고, 감찰부에서 일하고 있네. 그러면 이 문제에 대한 해결책이 있을지도 모르겠군."

송정한이 해 줄 수 있는 것은 거기까지였다.

소개받은 론디 소령은 상황을 듣고는 심각한 표정이 되었다.

"확실히 문제이기는 하군요."

"미군 내에서는 이런 문제에 대해 인식하지 못하고 있습니까?"

"인식을 못 하지는 않습니다. 사실 미군 내 인원의 질이 많이 떨어지고 있는 것도 사실이고요. 미군 출신 갱단원이 미국 내에서도 늘어나고 있으니까요."

론디는 눈을 찡그리며 말했다.

"아시겠지만 미군에서는 근무시간 외의 일에 대해서는 딱히 터치하지 않습니다. 운동 같은 건 자유지요. 문제는 그 상황에서, 말씀하신 것처럼 범죄 집단처럼 몰려다니는 놈들이 생긴다는 겁니다."

"결국 미국도 인식하고 있다는 거군요."

"그렇습니다. 그래서…….."

그는 잠깐 침묵을 지키다가 조용히 말했다.

"만일 문제가 되는 자들이 있으면 최전선으로 보내 버리지요."

불명예제대를 시키기에는 애매하고 증거도 부족하다면 가장 좋은 해결책은 전쟁터로 보내 버리는 거다.

거기서 몇 번 죽다 살아나다 보면 그딴 짓거리를 할 틈도 없을 테니까.

"하지만 이번 경우는 영상이 있다는 게 문제군요. 처벌 자체는 어렵지 않겠습니다만."

강간 피해자들이 분명 존재하니까.

"그게 어디에 있는지 아십니까?"

"그게 문제입니다. 저도 말씀하신 걸 듣고 영상에 있는 네 사람을 확인했습니다. 두 사람은 보병이고 한 사람은 정비창, 나머지 한 사람은 보급대 소속입니다."

"으음."

"보병은 그나마 괜찮습니다만."

단순 소총병이라고 하면 그가 관리하거나 접근할 수 있는 공간은 한정된다.

자신의 막사와 그 주변 정도니까, 만일 수색을 해서 찾으려고 한다면 생각보다는 쉬울 것이다.

"하지만 정비창과 보급대는 상황이 좀 다릅니다."

"무슨 말인지 알 것 같네요."

정비창과 보급대는 그 공간이 어마어마하다.

정비창에는 엄청난 공구들이 있고 매일같이 수많은 장비들이 들락날락한다.

보급대 같은 경우는 말 그대로 거대한 창고가 그들의 공간이다.

그마저도 한두 개도 아니다.

"미국의 보급은 어마어마하지요."

보급병이라고 하면 그 어마어마한 공간을 마음대로 돌아다닐 수 있다.

그리고 그 공간에 외장 하드 하나 감춰 둔다면 찾는 것은 사실상 불가능하다.

"결국 그들을 추적해야 합니다만, 내사 정도는 할 수 있지만 명확한 증거가 없으면……."

론디 소령은 입맛을 다시며 말했다. 내사의 한계는 뻔하니까.

"강간 정도는 처벌할 수 있을 겁니다만 그 영상을 찾는 게 문제입니다."

"그건 압니다만……."

노형진은 턱을 문질렀다.

'이름……. 그래, 이름…….'

노형진은 그 당시 사건 기록을 안다.

그래서 그 당시 사건의 주범, 정확하게는 이름을 기억해 내려고 했다.

'워낙 큰일이었으니까.'

회귀 전 노형진은 이 시기에 미국에 있었고 미국에서도 매우 큰 사건으로 다뤄졌었다.

그리고 미국은 한국과 다르게 범죄자의 얼굴을 가려 주는 배려 따위를 하지 않는다.

'분명…… 이름이 있었는데…….'

네 명의 얼굴은 회귀 전에는 보지 못했던 이들이었다. 그럼 그들 중 한 명이 뿌린 건 아니라는 뜻이다.

'그리고 그걸 팔았다는 건, 그놈이 그걸 관리하거나 관리하는 장소를 알았다는 거야.'

그런데 모든 미군을 줄 세워 두고 얼굴을 확인할 수는 없는 노릇이다.

그때 까마득하던 노형진의 머릿속에 어떤 단어가 번뜩였다.

"루이스."

"네?"

"루이스 오드웰! 맞습니다! 제보가 있었습니다! 루이스 오드웰, 그 녀석이 이번 사건과 밀접하다고요!"

노형진이 흥분해서 외쳤다.

물론 진짜 제보가 있었던 것은 아니다.

하지만 루이스 오드웰이라는 이름은 확실하게 기억이 났다.

그는 한국인으로서 그 사건에 관심을 많이 가지고 살폈으니까.

"루이스 오드웰요?"

"네?"

"그럴 리가요!"

그런데 그 말을 들은 론디 소령이 말도 안 된다는 표정으로 말했다.

"아닙니다. 확실합니다. 그가 이번 사건과 관련이 있습니다."

"아니, 그럴 리가 없습니다. 그분이 그럴 리가 없습니다."

"그분?"

노형진은 고개를 갸웃했다.

그리고 그다음 순간에 입을 쩍 벌렸다.

"그분은 제 직속상관입니다."

⚖️

루이스 오드웰. 계급은 대령. 주한 미군 감찰부 소속.

'감찰부에서 그걸 판다고? 이해가 안 가는데? 그럴 리가 없는데……. 하지만 맞잖아?'

노형진은 론디 소령에게 부탁해서 루이스 오드웰의 사진을 확인했다.

그리고 그의 사진을 보면서 확신했다, 그가 바로 해당 영상의 판매자라고.

'그가 이번 사건의 관련자라고? 아니, 그건 이해가 안 되

는데.'

그가 아무리 막장이라고 해도 집단 강간 사건을 감춰 줄 리가 없다.

더군다나 그는 감찰부. 그러니까 주한 미군의 규율을 지키는 역할이다.

'이거 일이 터지면 이만저만 큰 문제가 아니라는 걸 모르지는 않을 텐데.'

노형진은 머리를 부여잡고 신음했다.

그 모습을 본 오광훈이 걱정스럽게 물었다.

"뭘 그렇게 고민해?"

"아니, 말이 안 되잖아. 루이스 오드웰은 대령이야. 그가 진짜 범죄를 저질렀다면 손해가 더 많다고. 다른 것도 아니고, 강간을 저지르고 은폐한다고?"

물론 그가 막장 인간이라면 그럴 수도 있다.

"하지만 론디 소령은 그런 인간은 아니라고 하고."

론디 소령의 말에 의하면 그가 아주 존경할 만한 상관은 아니지만 그렇다고 해서 그 정도로 막장으로 떨어진 인간도 아니라고 한다.

노형진의 설명을 들으며 곰곰이 생각하던 오광훈은 확인하듯 물었다.

"그 루이스 오드웰이 확실하게 맞는 거야?"

"맞아."

노형진은 눈을 찡그리면서 말했다.

'이러면 상황이 곤란해지는데.'

그렇잖아도 지금 범인을 특정하는 게 쉽지 않고 영상이 어디에 있는지도 확실히 알 수가 없다.

그런데 루이스 오드웰이라는 이름이 끼어듦으로써 상황은 더욱 복잡하게 바뀌었다.

드러난 놈들을 잡음으로써 끝나는 문제가 아니게 되었으니까.

"결과적으로 그 미친놈이 그걸 가지고 있다는 거지. 그걸 뿌릴 이유는 없고."

"그렇지."

"그러면 돈 때문에 그런 거겠지."

"그건 맞는데."

노형진은 고개를 끄덕거렸다.

분명 그는 돈 때문에 그걸 미국의 포르노 기업에 팔아 버린다. 그건 맞다.

"그런데 왜……."

다시 노형진이 머리를 싸매려 하는데, 불쑥 목소리가 들려왔다. 오광훈이었다.

"그게 중요해?"

"응?"

"그게 중요하냐고. 네가 몰라서 그렇지, 마약 빼돌리는 경찰이 한두 명인 줄 알아?"

의외의 해결책은 오광훈의 입에서 나왔다.

"뭐?"

"내가 본 놈 중에는 마약을 빼돌려서 파는 경찰도 있었어. 쉬쉬해서 잘 모르지만."

피식 웃는 오광훈.

"공직에 있다고 다 바른 건 아니잖아?"

"그건 그런데…….."

과거에 법원에서 생각지도 못한 절도 사건이 있었다.

소송을 할 때는 수입 증지라는 것을 붙여야 한다. 법원뿐만 아니라 공식적인 서류에는 그게 들어갔다.

그 가격이 절대 싸지 않다.

그런데 일부 법원 공무원들이 기한이 지나거나 폐기 대상이 된 수입 증지를 몰래 뜯어서 재판매하다가 걸렸다.

다른 사람도 아니고 법원 공무원이 말이다.

그렇게 수억의 돈을 벌었고, 그 사건으로 인해 우표 형태였던 수입 증지가 도장 형태로 바뀌게 된다.

"뭐, 그걸 팔아먹고 싶었던 거겠지."

"아…….."

노형진은 아차 싶었다.

'그러고 보니 내가 아는 건 그게 아니구나.'

노형진이 아는 것은 루이스 오드웰이 불명예제대를 하고 그 이후에 생활비가 부족해지자 몰카 영상을 팔았다는 것이다.

그래서 노형진은 루이스 오드웰이 당연히 그 가해자 중 한 명이라 생각했다.

'하지만 그가 가해자가 아닐 수도 있지.'

실제로 루이스 오드웰은 그 사건과 관련해서 공범을 이야기하지 않았다.

'그때는 의리 때문인 줄 알았는데.'

하지만 생각해 보면 동영상에 이미 다 찍혀 있는데 무슨 의리가 남아 있단 말인가?

"그러면 루이스 오드웰이 영상을 우연찮게 손에 넣은 후에 조사도 하지 않고 있다가 팔아먹었다는 건가?"

"뭘 팔아?"

"아니…… 그런 게 있어."

노형진의 머리는 팽팽 돌아가기 시작했다.

대충 그림이 그려졌다.

'루이스 오드웰은 불명예제대 했다. 어지간한 잘못을 저지르지 않은 이상에야 불명예제대를 시키지는 않아. 거기에다 대령까지 했던 사람을 말이지.'

그러면 그는 실로 커다란 잘못을 했다는 것이다.

그리고 그가 그 영상을 손에 넣었고, 그걸 가지고 미국으로 가서 팔아 넘겼다는 소리가 된다.

"뭐가 이리 복잡해지지?"

노형진은 눈을 찡그리며 중얼거렸다.

그때 머리가 아파졌는지 오광훈이 구시렁거렸다.

"결국 중요한 건 그 루이스 오드웰이라는 놈이잖아. 잡아
서 족치면 안 되냐?"

"되겠냐!"

미국의 대령을 납치해서 족쳤다가는 나라가 발칵 뒤집어
질 거다.

"아, 씁. 그러면 가서 당당하게 묻든가."

"그래야 할까?"

"응?"

"아니, 그래야 할 것 같다."

노형진은 눈을 찌푸리면서 말했다.

어쩌면 거기서부터 시작하는 게 맞을지도 몰랐다.

⚖️

루이스 오드웰을 만나는 것은 어렵지 않았다.

강간 사건 자체가 심각한 문제인 데다가, 론디 소령이 노
형진의 말을 믿고 일단 그를 의심하기 시작했기 때문이다.

'그걸 보면 론디도 그를 완전히 믿는 건 아닌 것 같은데.'

다른 누구도 아닌 직속상관이다.

만일 비밀로 했다는 걸 알면 심각한 문제가 될 수 있음에

도 불구하고, 론디 소령은 비밀을 지키고 루이스의 뒤를 캐는 것을 도와주기로 했다.

'어쩌면 회귀 전에 루이스 오드웰이 불명예제대 한 이유가 론디 소령의 조사 때문이었을 수도 있지.'

부하가 믿지 않는다는 것은 그가 뭔가를 하고 있다고 의심받는다는 것이니까.

"루이스 오드웰입니다."

노형진이 손을 내밀자 루이스 대령은 별생각 없이 마주 손을 내밀었다.

노형진은 손을 잡았다.

하지만 딱히 떠오르는 것은 없었다.

그가 생각하는 게 없다는 소리다.

'그러면 좀 건드려 볼까?'

노형진은 그를 보면서 씩 웃었다.

"혹시나 해서 말입니다만."

"네?"

"법적으로 걸리는 행동을 하시는 건 아니기를 바랍니다. 아무래도 문제가 좀 심각해서요."

그 말에 루이스가 의아한 표정을 지었다.

"법적으로 걸리다니요?"

"아실 텐데요?"

그 순간 루이스의 머릿속에서 떠오르는 기억.

노형진은 그 기억을 읽어 내기 시작했다.

그리고 그 순간, 기분 나쁘다는 듯 루이스 오드웰은 노형진의 손을 놔 버렸다.

"론디 소령의 부탁으로 자리를 마련했는데 기분 나쁘군요. 지금 저를 의심하는 겁니까?"

"그게 아니라면 죄송합니다. 하지만 피해자가 수십 명이나 될 강간 사건이 계속 이루어지고 있는데 미군에서 모른다는 게 이해가 가지 않아서 말이지요."

"우리는 퇴근 이후에 벌어지는 일에 관해서는 터치하지 않습니다. 물론 그 과정에서 범죄가 벌어져서 유감이기는 합니다만, 단순히 그런 이유로 저를 의심한다니 기분 나쁘군요."

눈을 찡그리는 루이스 오드웰.

노형진은 웃으면서도 그를 믿지 않았다.

'네가 그러면 안 되지.'

아주 짧은 순간이었다.

길게 뭔가를 볼 수 있는 순간은 아니었다. 하지만 그가 뭔 짓을 저질렀는지 알 것 같았다.

'개 같은 자식.'

그는 미군을 감찰하는 사람이다.

한국에서는 주한 미군과 관련하여 수많은 사건이 벌어진다. 그러면 그는 돈을 받고 그 사건을 무마해 주는 것이다.

그런데 그중에는 강간 사건도 있었다.

정확하게는, 그는 그 패거리 중 한 명이었다.

'어쩐지 그 영상이 터지기 전까지 너무 조용하다 싶었어. 그래, 그런 놈이 있는 거지.'

피해자는 많은데 가해자는 별로 없었던 사건.

왜 그랬는지 노형진은 몰랐다.

미국에서 그 사건에 대해 뉴스에서 보기는 했지만 자세한 것은 몰랐으니까.

하지만 루이스 오드웰의 기억을 본 순간 알아차릴 수 있었다.

'이 새끼가 마약 브로커였어?'

마약은 미국에서도 상당히 골치 아픈 문제다.

더군다나 미군 내에서도 마약에 중독되는 사람들이 많다.

그럴 수밖에 없는 게, 미군의 숫자가 많지 않다 보니 상당수가 해외파병을 갈 수밖에 없기 때문이다.

그런데 그런 곳에서 싸우다 보면 사람들이 정상적인 상태를 유지하는 게 쉽지 않다.

동료가 죽어 나가고 사람이 죽어 나가고 직접 사람을 죽여야 하는 상황.

그래서 많은 사람들이 PTSD, 즉 외상 후 스트레스 증후군을 가지게 되고, 그 고통을 줄이기 위해 알게 모르게 마약에 손대는 것이다.

'그리고 네놈이 그런 놈이었다 이거지.'

그는 그런 자들에게 마약을 공급했는데, 그중에는 데이트

강간약, 소위 말하는 물뽕도 포함되어 있었다.

'그러니 사람들이 피해를 신고를 못 하지.'

1년 후에 나타난 영상에는 많은 피해자들이 있지만 대부분은 그걸 신고하지 않았었다.

그게 물뽕 때문이라고 한다면 말이 된다.

기본적으로 그 약은 사람에게 단기 기억상실을 일으키기 때문이다.

'차라리 그걸로 걸렸으면 이놈이 그걸 뿌리지는 않았을 텐데.'

그랬다면 그 영상은 압수당하고 그의 인생은 끝장났을 테니까.

그런데 그가 불명예제대 당한 이유는 다른 사건 때문인 것 같았다.

그리고 그게 뭔지 아는 건 어렵지 않았다.

다름 아닌 횡령과 범죄 은닉이었다.

미군 내에서는 상당히 많은 물자가 바깥으로 빼돌려진다.

예를 들면 미군의 전투식량 같은 경우는 기한이 지나면 폐기 대상이 된다. 즉, 외부 판매 대상은 아니라는 것이다.

하지만 몇몇 장소를 뒤지면 그걸 파는 곳들을 찾을 수 있다.

전투식량뿐 아니라 반합이나 수통, 군복, 판초까지 말이다.

군수품은 기본적으로 외부 판매가 허용될 리가 없다.

그럼에도 불구하고 판매되는 것은 누군가가 그걸 팔았다는 거고, 누군가가 눈감아 줬다는 거다.

'그게 바로 네놈이었군.'

루이스 오드웰은 그러한 비무기성 물자의 외부 판매를 모른 척 덮어 주는 대신에 적지 않은 돈을 받았던 것.

마약 판매 사실이 드러나기 전에 그러한 문제가 먼저 터짐으로써 정작 강력한 마약 판매 범죄는 알려지지 않았던 것이다.

노형진은 대충 그림이 그려지기 시작했다.

"아실지 모르지만 우리는 부하들에 대해 무조건 의심하는 한국군이 아닙니다. 명확한 증거가 없으면 그들에 대한 조사를 할 수는 없습니다."

딱 선을 긋는 루이스 오드웰.

하지만 노형진은 더 이상 이야기하지 않았다.

필요한 정보는 다 구했으니까.

"걱정하지 마십시오. 그 증거는 금방 가지고 오겠습니다."

노형진의 말에 루이스 오드웰은 왠지 기분이 찝찝해졌지만 할 수 있는 건 없었다.

그와 헤어진 후에 노형진은 론디 소령에게 대놓고 물었다.

"루이스 대령, 의심하고 있지요?"

"네? 아니, 그게 무슨 말씀입니까?"

"군용품을 빼돌리는 사람들 말입니다. 있지 않습니까? 그런데 그들을 못 찾고 있지 않습니까? 아닌가요?"

"......"

론디 소령은 아무런 말도 못 했다.

그리고 주변을 스윽 둘러보더니 노형진을 데리고 조용한 곳으로 향했다.

"어떻게 아신 겁니까?"

"그냥 느낌이 왔습니다. 변호사를 몇 년을 했는데요."

"으음."

론디 소령은 잠깐 침묵을 지키다가 말했다.

"맞습니다. 의심은 하고 있습니다. 주한 미군은 한국에 오래 주둔하고 있었습니다. 그리고 그만큼 수많은 물자가 한국으로 풀렸지요."

나지막하게 말하는 론디 소령.

"한국 정부에서 한번 해당 물자를 판매하는 업자들을 단속했습니다만, 애석하게도 미군 내에서 공급하는 사람들을 찾지는 못했습니다."

"그 당시에 미군에서도 찾으려고 하지 않았을 리가 없고요."

고개를 끄덕거리는 론디 소령.

"분명 누군가 판매한 사람은 있는데, 누가 팔았는지 알 수가 없었지요. 한국 남자들은 모두 군대를 간다고 하더군요. 변호사님도 군을 다녀와서 아시겠지만, 어지간한 경우가 아니면 군 물자에 대한 체크는 아주 깐깐하게 이루어집니다."

진짜 교전 중이거나 긴급 상황이 아니라면 수저 하나 포크 하나까지 번호를 매기고 관리하는 게 군대다.

그리고 그걸 누가 가지고 가고 누가 썼는지 기록이 남아 있는 게 군대다.

"그런데 그게 없어요. 마치 어디서 어떻게 조사할지 알고 지운 것처럼 기록이 삭제되었습니다."

론디는 나지막하게 말했다.

"그래서 제가 루이스 대령을 의심하고 있습니다. 그는 능력이 있기는 하지만 욕심이 과하거든요."

"그리고 준장을 달기 힘들 테고요?"

"네?"

"안 그런가요? 그렇게 보이던데요."

"글쎄요. 그건 저도 잘 모릅니다만."

"아마 힘들 겁니다."

대령까지는 어떻게 실적으로 올라갈 수 있다.

하지만 미국은 장군이 되려면 일단 심리 적성검사를 해야 한다. 미친놈이 장군이 되면 여럿 죽어 나가니까.

"욕심이 과하고 부정에 관대한 타입이라면 그 심리검사를 통과할 수 있을 리가 없지요."

물론 그런 건 모른다.

다만 회귀 전 정보를 가지고 있으니 그가 불명예제대 당한 것은 알고 있다.

"눈치가 빠르시군요. 확실히 좀 문제가 있지요."

고개를 끄덕거리는 론디 소령.

"잡으려고 노력은 하는데 꼬리를 잡기 쉽지 않더군요."

"그래서 말인데, 저와 함께 잡지 않으시겠습니까?"

"네? 하지만 이건 미군의 문제입니다. 한국과는 상관이 없을 텐데요. 더군다나 지금 강간 사건을 조사한다고 하지 않았습니까?"

노형진은 고개를 끄덕거렸다.

"정확하게는 동영상을 찾는 거지요. 그런데 그 동영상이, 저 사람을 추적하다 보면 나올 것 같거든요."

노형진의 말에 론디는 이해하지 못해서 고개를 갸웃할 뿐이었다.

⚖

루이스 오드웰에 대한 영내 추적은 론디 소령이 하기로 했다.

애초에 그가 아니면 할 수 있는 사람은 없었다.

"하지만 영내에서는 아무래도 제대로 활동하지는 않을 거야. 아마도 외부에서 하겠지. 영내에서는 일과 시간이니까 누군가를 자유롭게 만날 수가 없거든."

노형진은 오광훈과 함께 그가 이용한다는 문을 바라보면서 말했다.

"그리고 영내에는 사람 눈이 너무 많아. 으슥한 곳에서 몇몇 사람들만 만나면 너무 눈에 띄지. 거기에다 업무와 관련이 없는 사람이라면……."

"흠. 알겠는데, 그놈은 왜 그 동영상을 가지고 오라고 한 걸까? 이해가 안 가는데."

오광훈은 운전석을 최대한 뒤로 넘긴 상태로 드러누워서 느긋하게 물었다.

"그 녀석이 네 말대로 마약을 판다면, 그것까지는 이해가 가. 하지만 그 녀석이 왜 그 동영상을 가지고 오라고 하는 거지?"

노형진은 오광훈에게는 론디 소령이 그런 의심을 하고 있다고 이야기해 놨다.

다행히 론디와 오광훈은 서로 말이 안 통했다.

오광훈이 나름 공부를 한다고 하기는 하지만 그에게 있어서 영어는 진짜 머나먼 나라 이야기였기에, 살짝 말을 바꿔 전해도 모를 수밖에 없었다.

"두 가지 목적 때문이 아닐까 싶어."

"두 가지 목적?"

"그래. 하나는 약점을 잡아 두는 거지. 자신을 신고하거나 그러지 못하도록 말이야."

실제로 마약중독자들 중에는 벗어나려고 노력하는 사람들이 있다.

가족이 설득하는 경우도 있고, 또는 스스로 뭔가 느끼는 경우도 있고 말이다.

"그럴 때 가장 많이 쓰는 방법 중 하나가 바로 마약 공급책을 고발하는 거야."

마약 공급책을 찾는 것은 쉬운 게 아니다.

물론 끼리끼리 안다고, 돌아다니다 보면 알 수도 있지만 말이다.

"대부분 마약 공급책은 한 명, 많아야 두 명 정도만 알고 지내지. 그래서 그들이 사라지면 마약을 구하지 못하게 되기도 해."

"다른 사람을 찾을 수도 있잖아."

노형진은 고개를 끄덕거렸다.

"맞아. 그럴 수도 있지. 하지만 너 같으면 꼰지른 놈한테 마약을 팔고 싶겠냐?"

"아하!"

마약 딜러들은 끼리끼리 알고 지낸다.

그래서 혹시나 누군가가 꼰질렀다는 소리가 들려오면 그가 다시 찾아온다고 해도 그에게 마약을 팔지 않는다.

"물론 그런 경우는 아주 드물고 독한 놈이기는 하지만, 전쟁 통에 사람까지 죽여 본 놈들이라면 뭐든 해 보려고 하지 않겠어?"

"하긴 그렇겠네."

오광훈은 고개를 끄덕거렸다.

"더군다나 루이스 대령은 파병된 경험까지 있어."

그것도 교전 지역에 두 번이나 파병된 역전의 용사다.

"그런 놈이 왜 마약 따위나 파는 거야?"

오광훈은 이해가 안 간다는 듯 말했다.

사실 두 번이나 전쟁터에 파견 나간 사람이라면 미국에서도 영웅으로 취급받을 테니까.

"아마도 거기서 광기에 눈뜬 게 아닐까 싶어."

"광기에 눈을 뜨다니?"

"전쟁터에서 누군가는 절망을 배우지. 하지만 누군가는 본성을 깨달아."

사람을 죽여서 고통에 몸부림치고 양심의 가책을 느끼기도 하지만, 세상이란 약육강식이며 돈만이 모든 걸 지배한다는 것을 배우기도 한다.

"멀리 갈 필요도 없지. 베트남전 당시를 생각해 봐."

"난 몰라."

"아, 씁…… . 베트남전 당시에 남베트남이 패망한 가장 큰 이유는 부패 때문이야."

북베트남이 남베트남을 군사적으로 압도했는가?

아니다.

그렇다고 해서 수적으로 압도했는가?

그것도 아니다.

"그 당시에 남베트남의 부패는 어마어마했어."

어느 정도로 부패했느냐면, 미군이 스스로를 지키라고 남베트남에 공여한 무기를 정치인과 장군이 그대로 들어 북베트남에 팔아먹는 수준이었다.

그들이 자신들과 전쟁하고 있다는 걸 알면서도 말이다.

"그리고 그들은 정작 패망이 다가오자 다급하게 그곳을 떴지."

그리고 숙청의 이름 아래 남은 자들 수백만이 학살당했다.

"전쟁터에서 본성이 떠오른 거지."

"그건 그렇다고 쳐. 나머지 하나는 뭐야?"

"아마도 본인의 성적 취향이지 싶다."

"성적 취향?"

"그 녀석, 관음증이 있다는 소문이 있더라고."

물론 소문이 아니다.

그건 노형진이 정확하게 기억을 하고 있었다.

그는 심각한 관음증 환자이며, 특히 여자가 강간당하는 것에 대한 판타지가 심했다.

'누군가는 촬영했다.'

노형진은 그게 그 패거리 중 한 명이라 생각했다.

그러나 그 패거리 중 한 명이 아니라 루이스 오드웰 본인이었다.

'일종의 트로피라 이거지.'

직접 촬영해서 보관하면서 자신의 쾌락을 만족시켰던 것이다.

'그렇다면 그가 그 영상을 판 것도 이해가 돼.'

기본적으로 마약 딜러들은 마약을 하지 않는다.

하게 되는 순간 남에게 팔아야 하는 마약을 자기가 쓰게 되어 버리기 때문이다.

그래서 아주 아래는 아니어도 중간급쯤 되면 정작 마약중독자는 없다.

'하지만 그건 어디까지나 멀쩡할 때의 이야기지.'

마약이라는 유혹은 가까이에 있다.

어느 순간 무너지기 시작하면 그 유혹은 더더욱 강해진다.

'그리고 그는 불명예제대 했지.'

당연히 모든 것을 잃어버렸다.

훈장도 박탈당했고 계급은 강등되었으며 수당도 사라졌다.

지금까지 이룩해 온 모든 것이 사라진 것이다.

그러면 마약을 할 충분한 조건이 된다.

'그리고 마약에 빠지기 시작했을 테고.'

나중에 마약을 사기 위해 극단적인 선택을 했을 것이다.

"그러면 저 녀석이 가지고 있다는 건데, 과연 어디에다가 보관할까?"

"글쎄. 그게 문제야."

아무런 이유도 없이 무작정 관사를 뒤질 수는 없다.

"그러니 다른 식으로 영장을 받아야지."

"흠."

오광훈은 모르겠다는 표정을 지었지만 노형진은 대답하지 않았다.

대신에 몸을 최대한 낮췄다.

"나온다."

입구에서 나오는 한 대의 차량.

차량 번호는 노형진이 아는 것이었다.

루이스 오드웰의 차량이었으니까.

'지금 나올 거라고 했으니 확실하군.'

방금 전 론디 소령이 루이스 오드웰이 퇴근했다고 문자를 보냈다.

그러니 그가 저 차에 타고 있을 것이 확실하다.

"조용히 따라가자."

노형진과 오광훈은 조용히 그의 뒤를 따랐다.

하지만 그는 그저 바깥에서 친구를 만나서 술을 마실 뿐이었다.

"쳇, 마약 딜러라도 만나나 했는데."

오광훈은 툴툴거렸다.

아무리 루이스 오드웰이 대령이라고 해도 마약을 부대 내에서 구할 수는 없다. 당연히 외부에서 구해야 한다.

그런데 그가 만나는 건 부대 내의 친구일 뿐이었다.

"마약 딜러랑 이렇게 허술하게 만날 리가 없지."

노형진은 코를 살짝 긁으며 말했다.

"물론 그가 마약 딜러를 만나기는 하겠지만."

"그때까지 마냥 기다려야 하나?"

"아니, 그럴 생각은 없어. 시간이 길어질수록 위험성은 그만큼 커지거든."

노형진의 기억이 맞는다면 그 영상이 판매되는 것은 1년 후다.

하지만 그 사이에 또 무슨 일이 있을지 모를 일이다.

'이미 내가 아는 역사는 충분히 바뀌었어.'

물론 주한 미군은 그의 반경에서 벗어나 있는 곳이기는 하지만 그렇다고 해서 방심할 수도 없는 게, 노형진은 충분히 나비효과를 봐 왔기 때문이다.

"그러니 가능하면 서둘러야지."

"하지만 그냥 친구랑 같이 술을 마시는 것뿐이잖아."

"알아. 그렇지. 하지만 그 친구가 누구인지가 중요해."

"응?"

"사진을 좀 찍어서 그걸 론디 소령에게 가져다주자고. 그라면 루이스 오드웰이 같이 술을 마시는 사람이 누군지 알 테니까."

노형진은 고개를 주억거리며 말했다.

⚖

"하우어 중령이군요."

"아시는 분입니까?"

"물자를 관리하는 부서의 책임자입니다."

"역시나."

"역시나?"

노형진이 역시나라고 말하자 론디 소령은 고개를 갸웃했다.

"어제 보니 같이 술을 마시기는 하는데, 하우어 중령이라고 했나요? 그 사람이 술값을 다 내더군요."

"그래요?"

"네. 물론 중령과 대령의 계급 차가 있다고 하지만 그러면 도리어 더 문제가 되는 거 아닌가요?"

"그건 그렇지요."

대령이 중령에게 술을 얻어먹으면 뇌물로 보일 여지가 있다. 그래서 정상적인 상황이라면 더치페이를 했어야 한다.

미국의 술 문화까지 생각해 보면 여러모로 말이 안 되는 상황이다.

하지만 이쪽은 루이스 오드웰을 추적 중이다.

'그리고 그는 범죄를 은닉해 주는 역할을 하고 있고 말이지.'

노형진이 무슨 말을 하고 싶어 하는 건지 안 론디 소령은 한숨을 쉬었다.

"하우어 중령이 물품을 반출하는 범인이라고 생각하시는 군요."

"그렇습니다. 사실 한두 개 정도야 일반 병사가 뿌릴 수 있겠지요. 하지만 대부분의 물건들은 어마어마한 양이 뿌려집니다. 그게 과연 병사 한두 명이 하는 일일까요?"

결국 전쟁터에서 물건을 내다 파는 범죄자들은 장교다.

그것도 최소한 대위급 이상이다.

병사가 팔고 싶다고 해도 보급품이 사라지면 바로 티가 나니 불가능하다.

즉, 그걸 팔 수 있는 사람은 장교, 그것도 그쪽에서 근무하는 장교일 수밖에 없다.

"하긴 저도 의심은 하고 있었습니다."

"그래서 저희를 도와주셨으면 합니다. 저희가 사람을 붙이겠습니다. 그리고 필요한 증거를 찾아 드리지요. 그 대신에 하우어 중령을 기소해 주셨으면 합니다."

"하우어 중령을요?"

"네."

"그거야 저는 좋습니다만."

그렇잖아도 가장 힘든 것 중 하나가 바로 증거를 모으는 것이다.

증거를 모으기 위해서는 따라다니면서 촬영을 하거나 현장에서 기습을 해야 한다.

하지만 아무리 용산에 사람이 많다고 하나 미군은 티가 난다.

그렇다 보니 상대방은 쉽게 알아내고 떨쳐 내거나, 정 안된다 싶으면 약속을 파투 내면 된다.

"그래서 저희도 그 범인을 못 잡고 있지요."

한국 경찰은 수사권이 없고 미군 헌병대는 따라다니거나

뭘 하기에는 너무 눈에 띈다.

그러니 문제가 될 수밖에 없다.

"더군다나 주요 시장인 동대문은 풍물 시장이니까요."

그쪽은 생각보다 외국인이 많지 않고, 또 미군은 더더욱 많지 않다.

"하지만 한국인들은 많죠. 정확하게는 동양인이 많다고 표현하면 되겠네요."

동대문과 풍물 시장은 외국인들에게는 관광의 명소 중 하나다.

특히나 일본과 중국에서 매달 어마어마한 관광객이 쏟아져 들어온다.

"거기에 한국 사람들이 섞여서 따라간다고 해도 하우어 중령이 미행을 알아차리는 건 쉽지 않을 겁니다."

애초에 경찰은 수사권이 없으니 방심할 것이고.

"단순히 증거만 촬영해서 넘기는 거라면 전혀 문제 될 것도 없고요."

"도와주신다면 감사합니다만."

론디 소령은 고개를 갸웃했다.

미국 사람인 그는 세상에 공짜는 없다고 생각하고 있었다.

"공짜로 도와주시는 건 아닐 테고요."

"루이스 오드웰이 그를 도울 수 있게 길을 터 주셨으면 합니다."

그 말에 론디 소령의 얼굴에 당혹감이 떠올랐다.

"네? 그게 무슨 말씀이십니까?"

"루이스 오드웰은 분명 이 지역 강간 집단과 관련이 있습니다."

촬영한 영상이 그 증거다. 그러니 그를 잡아야 한다.

문제는 명확한 증거가 없다는 것이다.

"하지만 그가 다른 사건으로 기소되면 그의 숙소나 관련된 지역을 수색할 수 있는 권한이 생기지요."

"아, 전에 말한 그 영상 때문에 그러시는군요."

론디 소령은 바로 알아들었다.

"그렇습니다. 강간 집단의 존재를 증명하고 루이스 오드웰 대령을 제압하기 위해서는 그게 절대적으로 필요합니다."

하지만 론디 소령이 그가 하우어를 보호하지 못하도록 철저하게 일을 하면 그는 도리어 엮이지 않는다.

"하우어도 방법이 없는데 다 떠벌리지는 않을 겁니다. 다만 허술하다고 생각하면 루이스 오드웰을 자극하겠지요."

"영상을 몇 개 잃어버리거나 하면 되겠군요."

"방법은 상관없습니다."

루이스 오드웰이 증거를 조작하거나 혹은 삭제하거나, 하여간 하우어를 보살필 수 있는 조건을 만들어 준다면 그 이후는 일사천리다.

"알겠습니다. 제가 그렇게 하지요. 하지만 루이스 오드웰

대령님이 범인이라고 그렇게 확신하시는 것은 이해가 안 갑니다만."

론디 소령에게는 분명 직속상관이다.

그렇다 보니 그의 입장에서는 아무런 증거도 없이 루이스 오드웰을 의심한다는 건 영 찜찜할 수밖에 없었다.

물론 그도 의심하고 있기는 하지만, 강간은 물자를 조금 빼돌리는 것과는 전혀 다른 문제니까.

"만일 범인이 아니라고 해도 손해 보는 건 없지 않습니까?"

"그건 그렇습니다만."

어찌 되었건 군사 물품을 빼돌려서 팔아먹는 인간을 미군 내에 둘 수는 없다.

만일 여기가 전쟁터였다면 그러한 행동은 명백한 반역이다.

혹시나 그중에 총기나 화약 또는 탄약이 있다면, 그걸로 어딘가에서 아군이 죽을 수도 있으니까.

"바깥에서는 저희가 하우어 중령을 감시하겠습니다. 그러니 소령님은 내부에서만 감시를 해 주십시오."

"그러지요."

작전이 짜이자 론디 소령은 고개를 끄덕거렸다.

"하지만 정확히 어디서 거래가 이루어지는지는 모르시지 않습니까?"

"걱정하지 마세요. 어디로 갈지는 뻔하니까요, 후후후."

미군이 있는 입구 쪽은 숨어서 입구를 감시하기에는 위치가 좋지 않다.

가게도 없고 커피숍도 없다.

혹시나 모를 감시를 막기 위해서라도 그런 걸 두지도 않는다.

"하지만 그걸 파는 사람은 많지 않지."

노형진이 선택한 것은 다름 아닌 그 판매자를 감시하는 것이었다.

해당 물품을 파는 사람이 있고 그는 물품을 넘겨받아야 하니까.

"그런데 보니까 그 미군 장비들 중 일부는 해외에서도 주문이 가능하던데?"

오광훈은 핸드폰을 보면서 말했다.

조금만 주의해서 보면 해당 물품을 파는 사람을 찾을 수 있었고, 그를 따라다니는 건 어렵지 않았다.

"맞아. 그건 사실이지."

노형진은 그 말에 고개를 끄덕거렸다.

사실 해외를 통해서도 미군용품을 구입할 수 있다.

그런데 그게 정작 오광훈을 더 혼란스럽게 만들었다.

"그런데 왜 위험하게 미군 내에서 파는 거야?"

대표적인 예가 미군의 전투식량이라고 불리는 MRE다.

분명 해당 물품은 인터넷에서 주문하면 해외 배송까지 해 준다. 물론 그게 합법인지 불법인지는 알 수 없지만 말이다.

"돈이 문제지."

"돈?"

"그래. 전투식량이라는 게 결국 대량 소비하는 물품은 아니거든. 최소한 한국에서는 말이지."

아무리 잘 만들어도 전투식량은 전투식량이다.

호기심에 한두 개 정도 먹어 볼 수는 있지만, 그걸 박스 단위로 사서 먹는 사람은 드물다.

"해외에서 보내려면 결국 국제 우편을 써야 해. 그거 한두 개를 배로 보낼 수는 없으니 비행기밖에 없는 거지. 그런데 비행기는 운송료가 무척이나 비싸."

하지만 미군은 어차피 어마어마한 양을 배로 보낸다. 그러니 전혀 문제 될 게 없다.

"그러니 미군 내에서 빼돌린 걸 파는 게 훨씬 남는 장사인 거지."

"으음…… 이해는 하겠다만……."

오광훈은 머리를 긁적거렸다.

하긴 사람은 꼭 합법적인 걸 찾지는 않는다. 싼 걸 찾지.

만일 싼 것보다는 합법적인 걸 찾는 사람들이 대부분이라면 그 사회는 상당히 안정적이고 또 발전한 문명이라고 봐도 무방하다.

"그리고 다른 군용품들은 수입도 못 해."

"하긴 그렇지. 오…… 움직인다…… 움직인다……."

스윽 의자를 뒤로 넘기면서 차량 안으로 몸을 감추는 오광훈.

집에서 나온 남자가 트럭에 시동을 거는 것이 보였다.

"좋았어."

노형진은 조용히 그 트럭을 따라갔다.

트럭이 간 곳은 사람들이 별로 없는 한적한 공터였다.

"빙고."

그리고 자신의 차를 타고 온 하우어가 여러 가지 군용품을 꺼내서 넘겨주고 있었다.

노형진은 캠코더를 꺼내 최대한 줌을 당겨서 그 장면을 찍기 시작했다.

물론 사람들이 아예 없는 건 아니었지만 누구도 그들에게 신경 쓰지 않았다.

"뭐, 하루 이틀 문제도 아니고 말이지."

더군다나 이렇게 대놓고 군용품을 거래하리라고는 대부분 생각하지 못하니까.

"군용품 하면 사람들은 보통 무기나 탄약 같은 걸 생각하거든."

거기에다 그들이 나르는 건 진짜 물건이 보이는 게 아니라 박스일 뿐이다.

그러니 그들을 의심하는 사람이 없을 수밖에.

"좋았어."

현금으로 대금을 받은 하우어는 돈을 세어 본 다음 주머니에 넣고 고개를 까딱인 뒤 그곳을 떠났다.

확실하게 거래 장면을 찍은 것이다.

물론 하우어가 거래하는 와중에 주변을 좀 둘러보기는 했지만 사방에 한국인이 가득하니 그다지 의심하지 않았다.

"하지만 이제는 좀 상황이 다를걸, 후후후."

노형진은 카메라에 담긴 장면을 재생해 확인해 보면서 미소 지었다.

⚖

"이런 멍청한 새끼!"

루이스 오드웰은 하우어를 보고 화를 내고 있었다.

"멍청하게 사진을 찍히는 것도 몰랐다고?"

"하지만 미군이 없어서……."

"한국 놈들은 눈이 안 달렸냐!"

"하지만……."

하우어는 곤란한 듯 땀을 흘리며 말했다.

"한국 경찰이나 다른 놈들은 수사권도 없지 않습니까?"

"끄응."

그래서 그가 주의한 것은 미군 헌병대나 다른 미군뿐이었다.

하지만 그 지역은 미군들이 갈 일도 없는 지역이어서 방심한 것이다.

"그리고 헌병대라면 거기서 무조건 저를 체포할 거라 생각해서…….”

맞는 말이다.

헌병대라면 거기서 촬영을 하는 게 아니라 현장에서 바로
체포했을 것이다.

“대령님, 이 문제만 어떻게 덮어 주시면 비율을 더 높여
드리겠습니다.”

“이게 쉬운 문제인 줄 알아?”

“그렇지만 이대로는 제가 잡혀갑니다.”

하우어의 말에 루이스는 입을 깨물었다.

‘개 같은 자식.’

하우어는 별말 하지 않았지만 루이스는 알 수 있었다, 저
말에 하우어 자신이 잡혀 들어가면 아는 걸 다 불겠다는 뜻
이 숨겨져 있다는 것을.

애초에 돈 때문에 서로 손잡았으니 의리 따위는 없었다.

“알았다. 그건 내가 알아서 해결하도록 하지.”

“감사합니다, 대령님.”

경례를 하고 나가는 하우어의 뒷모습을 보며 루이스는 이
를 박박 갈았다.

“그나마 다행인 건 익명의 제보라는 건데.”

익명의 제보로 들어온 영상. 그것도 CD로 들어왔다.

물론 원본 영상이 있을 수도 있다.

하지만 그건 상관없다.

'익명인 이상 우리가 제보자에게 사건의 진행 상황을 보고할 이유는 없으니까.'

그 말은 그 CD만 제거할 수 있다면 사건은 충분히 무마할 수 있다는 뜻이다.

물론 그걸 자신에게 보고한 론디 소령이 문제가 되기는 하지만, 자신이 사건을 처리한다고 하면 론디 소령도 아무 말 못 한다.

실제로 그런 방식으로 여러 가지 사건을 무마해 왔으니까.

"망할."

문제는 그 CD다. 그걸 제거하는 것은 그가 직접 해야 한다.

증거실에 있다면 어렵지 않게 제거하겠지만 그건 론디 소령의 사무실에 있다.

"할 수 없지."

루이스 오드웰은 입술을 깨물었다.

⚖️

늦은 밤, 론디 소령이 퇴근한 후 루이스 오드웰은 증거를 없애기 위해 조용히 움직였다.

다행히 그곳의 열쇠는 그도 가지고 있었고, 딱히 출입자가 기록되는 보안 키가 있는 곳도 아니었다.

끼이이익.

기름을 칠하지 않은 문이 시끄럽게 열리고, 루이스는 조용히 사무실 안으로 들어갔다.

　하지만 딱히 자신을 감추려고 하지는 않았다.

　론디 소령은 그의 부하였고, 사건과 관련해서 론디 소령이 퇴근한 사무실에 그가 들어가는 건 흔한 일이었으니까.

　"이거면 되겠지."

　루이스 오드웰은 품에서 CD를 꺼냈다.

　CD가 사라진다면 분명 문제가 된다.

　하지만 똑같이 생긴 CD로 바꿔치기하면 오류가 있어서 파일이 지워졌다고 생각하게 할 수도 있다.

　"여기에 있군."

　바꿔치기를 한 루이스 오드웰은 씩 웃고는 바깥으로 나왔다.

　그리고 조용히 인적이 드문 곳으로 와서 CD를 부러트리고는 박박 긁었다.

　이제 이걸 복구하는 것은 기술적으로 불가능하다.

　"끝이다."

　한두 번 해 본 일이 아니기에 그는 무심하게 중얼거렸다.

　하지만 그때, 뒤에서 다른 목소리가 들려왔다.

　"끝이 아닙니다, 대령님."

　갑작스러운 목소리에 고개를 돌려 보니 론디 소령이 서 있었다.

　"론디 소령? 오늘 약속이 있다고 하지 않았나?"

"네, 약속이 있지요. 대령님에 관한 약속 말입니다."

루이스 오드웰은 론디 소령의 뒤에 있는 헌병대를 바라보았다.

자신을 노려보는 차가운 눈빛.

"혹시나 총기를 꺼내실 생각이라면 말리고 싶습니다, 대령님."

론디 소령은 차갑게 말했다. 그러자 루이스 오드웰의 얼굴이 사정없이 일그러졌다.

"지금 상관에게 뭐라고 하는 건가?"

"증거를 인멸하신 순간 이미 상관이 아니게 된 셈입니다만."

"아니, 그게 무슨 말인가? 지금 누명을 씌우는 건가?"

루이스 오드웰은 버럭 소리를 질렀다.

자신이 걸린 것이 찝찝하기는 하지만 증거가 없다고 생각했기 때문이다.

"루이스 대령님. 아니, 루이스. 이미 증거를 바꿔치기하는 영상이 촬영되었습니다."

루이스의 얼굴이 딱딱하게 굳었다.

"애초에 그 CD는 아무것도 없는 거였지요."

"서…… 설마?"

"이미 진짜 CD는 다른 곳에 감춰 둔 상태였습니다. 그런 일은 당신만 할 수 있다고 생각한 건가요?"

피식 웃는 론디 소령.

"루이스 오드웰, 당신을 증거인멸 혐의로 체포합니다. 당신의 진술은 법정에서 사용될 수 있으며……."

헌병이 다가와서 루이스 오드웰에게 수갑을 채웠고 그는 멍하니 영혼이 나간 표정으로 그들을 바라볼 수밖에 없었다.

이것이힘이다

군대는 군대일 뿐

"찾았습니다."

얼마 후 론디 소령은 조용히 노형진을 찾아왔다. 그리고
조용히 말을 꺼냈다.

"피해자가 무려 여든 명이 넘더군요."

"으음."

노형진은 얼굴이 딱딱하게 굳었다.

여든 명의 피해자들.

하지만 단 한 명도 제대로 구제받지 못했다.

소파협정 때문이었다.

"이 문제는 그냥 넘어갈 수 없다는 거, 아시지요?"

"압니다. 뉴스에 나갈 거라는 것도요. 상부에서는 감추라고 압력이 내려왔습니다만."

"그랬겠지요."

만일 이걸 그냥 공개하면 또다시 반미 감정이 강해질 테니까.

그러니 어떻게 해서든 감추거나 개별 사건으로 은닉하라고 할 게 뻔했다.

"하지만 그건 아닌 것 같아서 조용히 알려 드리는 겁니다."

"증거는요?"

"애석하게도."

론디 소령은 씁쓸하게 웃었다.

"그거 터지자마자 다른 쪽에서 가지고 갔습니다. 제 힘으로는 어떻게 할 수가 없더군요."

"흠."

사실 루이스 오드웰을 잡으면 이 사건은 끝날 거라 생각했다.

하지만 본질적인 부분을 잊고 있었다.

미국은 이 사건을 공개할 생각이 전혀 없다는 것.

"그 미친놈은 왜 그런 거랍니까?"

옆에 있던 오광훈이 문득 궁금한 듯 물었다.

"아니, 자기가 강간한 것도 아니고 남이 강간하는 걸 왜 구경한 거래요? 어느 쪽이나 미친놈이기는 한데."

"전쟁터에서 작전 중에 강간하는 장면을 봤답니다."

작전 중 숨어 있는 상황에서 그 장면을 목격했다.

다른 때였다면 나서서 막겠지만 비밀 작전 중인지라 결

국 방치했는데, 그 순간 자신의 본성에 눈뜬 것이다.

"그래서 그 미친놈이 그다음부터 강간범들을 모은 거지요."

"후우, 정말 미쳤군요."

"미쳤지요. 지금 위에서는 난리가 났습니다."

치안이 확보되어 있고 신고 시스템이 되어 있는 대한민국에서도 저런 짓을 한 놈이다.

그런 놈이 과연 기존에 파병되었던 나라에서는 똑같은 일을 하지 않았을까?

치안도 개판이고 여자의 인권은 짐승 수준인 나라에서?

"사건이 커지니까 저는 배제되었습니다만, 다른 나라에서도 똑같은 짓을 했을 거라 생각하고 있습니다. 어찌 되었건 그는 몇 번이나 파병된 영웅이었으니까요."

론디 소령은 입술을 깨물며 말했다.

그래도 믿었던 상관이 그런 미친놈이라는 사실에 배신감을 느끼는 것 같았다.

"그나저나 이 사건을 덮으려고 하는 것 같은데, 어쩌실 겁니까?"

강간의 피해자들은 물뽕 때문에 강간이 미군에 의해 이루어졌다는 것도 모르고 있다.

경찰은 제대로 수사도 안 하고 있는 것 같고 말이다.

"가만둘 수는 없습니다. 만일 사건을 덮으면 루이스 오드웰 혼자 처벌받는 걸로 끝나겠지요."

그와 관련된 강간범들은 은닉되거나 불명예제대 하는 수준에서 끝날 게 뻔하다.

그러니 가만둘 수는 없다.

"그냥 언론에 까는 건 어때? 이 정도면 언론에서도 엄청 달려들 것 같은데."

오광훈의 말에 노형진은 고개를 흔들었다.

"그건 불가능해. 현 정권은, 아니 대한민국의 모든 정권은 친미 정권이야."

현실적으로 반미 정권이 들어올 수가 없는 상황이다.

"만일 언론에서 이게 새어 나간다고 한다고 한들 정부에서 안 막겠어? 아마 결사적으로 막을 거야."

"하지만 그 장갑차 사건 같은 건 엄청 시끄러웠잖아."

장갑차 사건, 미군이 여중생 두 명을 장갑차로 깔아뭉갠 사건.

그 사건 당시 제대로 처벌받은 사람은 없었다.

"그 사건은 언론에 공개되었고 증거도 명확했잖아."

그건 은폐할 수 있는 수준의 사건이 아니었다.

"하지만 이번에는 모든 증거가 미군의 손에 있다고."

노형진 측이 아무리 주장해 봐야 그 증거를 내놓으라고 하면 할 말이 없다.

"더군다나 지금 홍안수는 레임덕이 오고 있는 상황이야. 홍안수가 어떻게 해서든 정권을 연장하기 위해서는 미국의 도움이 절실해."

그런 상황에서 정부나 언론에서 그걸 대대적으로 수사할 이유는 없다.

"현 상황을 봐. 피해자가 여든 명이야."

아무리 피해자들이 강간한 사람들이 미군인 걸 모른다고 해도 강간당했다는 사실 자체를 모르지는 않을 것이다.

그리고 상당수 사람들이 신고했을 테고 말이다.

"한국의 강간 신고율은 제법 높아."

한때 강간 신고율이 낮은 시절이 있었지만, 지금은 아니다.

"네? 그럴 리가요. 제가 알기로는 한국은 성범죄 신고율이 1.9%라고 하던데요."

론디 소령의 말에 노형진은 어이가 없다는 표정이 되었다.

"소말리아도 그것보다는 높을 것 같은데요."

"하지만 얼마 전에 여성 단체에서 그런 주장을 하는 걸 봤는데요?"

"그쪽은 자기 마음에 안 들면 무조건 성이라는 개념을 붙여 버립니다."

"네?"

"가령 이런 거지요."

만일 남자가 여자를 때렸다? 그러면 그건 단순 폭행이지 성폭행은 아니다.

하지만 그런 단체들은 여성이 맞았다는 이유만으로 성폭

행이라 주장한다.

"모욕을 하면? 그것도 그 사람들 입장에서는 성폭행입니다. 남자가 농담을 했는데 여자가 기분 나쁘다? 역시 성폭행입니다. 아니, 성추행이겠네요."

"으음?"

"우리나라의 여성운동가들이 그런 경우가 많아요. 하지만 법은 그렇게 자기 개념대로 판단하면 안 됩니다."

노형진은 긴 한숨을 내쉬며 말했다.

"한국은 성범죄에 대해서는 법정증거주의도 제대로 인정하지 않는 나라입니다. 그런데 여자들이 뭐가 아쉽다고 성범죄를 신고하지 않겠습니까?"

하물며 무고죄 처벌도 제대로 이루어지지 않는 상황인데 말이다.

"그런가요?"

"론디 소령님도 아실 텐데요? 사회단체는 자기들 입맛에 맞게 통계를 조작합니다."

노형진은 피식 웃으며 말했다.

"세상에 믿을 놈이 어디 있습니까?"

"쩝."

론디 소령은 입맛을 다셨다.

하긴 자신의 상관, 그것도 감찰 업무를 하는 자가 범죄 집단의 수장이었으니 노형진의 말이 틀린 것도 아니다.

"일단 중요한 것은 이번 사건을 어떻게 해결하느냐 하는 것입니다."

"하지만 증거도 없이 어떻게 해야 할지……."

론디가 내부에서 움직여 줄 수 있다면 좋겠지만 애석하게 도 그건 불가능하다.

물론 론디도 양심이 있고 돕고 싶어서 오기는 했지만, 그 가 할 수 있는 수준은 이렇게 상황을 알려 주는 정도이지 증 거를 빼돌리는 건 불가능하다.

"거기에다 이번에 사건을 담당하게 된 사람은 대령급입니 다. 저보다 훨씬 계급이 높지요."

"미국 측도 확실히 사건을 중요하게 받아들이고 있다는 소 리군요."

루이스 오드웰이 대령이었다.

그런데 그는 미군 내의 전반적인 모든 사건을 감찰했지 사 건 하나만 콕 찍어서 하지는 않았다.

그런데 이번에는 사건 하나만 콕 찍어서 대령이 내려왔다.

"피해자들을 인터뷰할까?"

"그건 안 돼. 피해자들이 나선다고 해서 그쪽에서 사건을 공개할 것도 아니고."

"그러면 어떻게 해?"

"흠……."

노형진은 잠깐 고민을 했다. 그러다 눈을 반짝였다.

"뻥카를 써 보자."

"뻥카?"

"뻥카가 뭡니까?"

론디 소령은 뻥카가 뭔지 몰라서 어리둥절한 표정이 되었다.

"뻥카도 뭐가 있어야 써먹지. 아무것도 없는데 어떻게 써먹어?"

"그건 그렇지. 하지만 그 뻥카를 가지고 있을 만한 사람이라면 이야기가 달라지지 않겠어?"

"그게 무슨 소리야?"

"미국에다가 영상을 팔자고."

"으엑?"

"네? 그게 무슨 말씀이십니까? 그걸 가장 걱정하지 않으셨습니까? 애초에 영상도 없고요!"

노형진이 이 모든 사건을 뒤쫓은 이유는 그게 외부에 유출되는 것을 막기 위해서였다.

그런데 정작 그걸 유출하자는 말에 두 사람은 깜짝 놀랐다.

"아, 진짜로 유출하자는 게 아닙니다. 우리가 원하는 건 진짜 유출이 아니라 그런 소문이 나는 거지요."

"소문요?"

"그렇습니다."

론디는 이해가 안 간다는 듯 고개를 갸웃했다.

"하지만 그런 소문이 어떻게 날는지⋯⋯."

"걱정하지 마세요. 그건 제가 알아서 합니다. 아무리 미국이라고 해도 이건 어떻게 못 할 겁니다, 후후후."

노형진은 바로 미국으로 향했다.

그리고 엠버의 사무실로 향했다.

"메일은 확인했습니다. 그런데 그런 영상을 살 만한 곳은 없는데요."

"상관없습니다. 애초에 그런 영상을 살 만한 곳이 정상적인 곳은 아니니까요."

합의하에 찍은 영상도 아니고 강간하는 걸 찍은 영상이다.

그런 걸 사서 판다는 것 자체가 제정신으로는 못 할 일이다.

그래서 루이스 오드웰이 영상을 판 곳은 제대로 된 기업이아니라 폭력 조직이 운영하는 기업이었다.

"그런 기업 하나 만드는 건 어려운 일이 아니지요."

노형진은 그렇게 말하면서 피식 웃었다.

애초에 이건 기업도 아니다. 이름만 올리고 제대로 활동도 안 할 테니까.

"우리가 영상을 판다고 소문을 내면 됩니다. 아무리 미국정부가 덮으려고 한다고 해도, 그걸 덮을 수 있는 수준이 아니라면 불가능하지요."

"하지만 어떻게요?"

"이런 건 어떨까요? 〈주한 미군의 한국인 강간 800선〉."

"네?"

"그걸 판매한다고 홍보를 하는 겁니다. 그 정도면 미국 언론에서 신나게 물어뜯겠지요."

"그게 가능하겠어요?"

"불가능하진 않습니다."

노형진은 어깨를 으쓱했다.

"우리는 가해자의 이름과 사건 번호를 알고 있어요. 그리고 그 사건이 존재한다는 사실도요. 그러니 그걸 가지고 홍보를 하면 어떻게 될까요?"

"기자들이 사건을 추적하겠네요."

800개를 모두 드러낼 필요는 없다.

하지만 예를 든다고 하면서 실재하는 사건 몇 개만 던져 주면 된다.

"그리고 미국 언론에서는 그걸 가만두고 볼 리가 없지요."

미군이 동맹국에서 집단 강간을 벌이고 촬영한 것도 심각한 문제인데, 그걸 판매까지 하는데 미국이 은닉하고 놔둔다? 아주 신나게 씹어 댈 것이 뻔하다.

"한국 언론과 다르게 미국 언론은 이런 문제를 감춰 주지는 않거든요."

좋게 말하면 정의롭고 나쁘게 말하면 이슈만 된다면 뭐든

하는 거니까.

"그러니 그런 소문을 내는 것만으로도 아마 미군과 미국 정부 입장에서는 미치고 팔짝 뛸 기분일 겁니다, 후후후."

얼마 후 미국 내에서 인터넷에 이상한 소문이 돌기 시작했다.

"어이, 벅시. 이거 어떻게 생각해?"

인터넷에서 돌고 있는 심각한 소문. 그걸 보고 기자 한 명이 친구를 불렀다.

"뭔데, 릭?"

벅시라고 불린 기자는 자기 일을 하다가 쭈르륵 의자를 밀어서 다가왔다.

그리고 인터넷에 있는 글을 읽었다.

"뭐야? 이거 미친 거야?"

"미친 걸까, 아니면 그냥 관심을 끌고 싶은 걸까?"

익명으로 작성된 글.

주한 미군의 강간 세트라 불리는 걸 판다고 한다.

"그냥 관심 종자 아냐? 이런 걸 팔면 무슨 일이 터질지 모르지도 않을 테고."

"범죄자들이 그런 것에 신경 쓰겠어?"

"그건 그런데……."

"더군다나 이거 봐 봐, 이거."

미성년자 영상도 무려 쉰 건에 달한다고 쓰여 있었다.

그리고 미성년자 영상은 다른 영상 가격의 열 배인 1천 달러, 그러니까 약 117만 원이다.

"이거 사실이면 엄청 문제가 될 텐데? 혹시 확인 가능하겠어?"

릭이 벅시를 부른 이유는 간단하다.

그는 군 내부에 정보원이 있다.

물론 주한 미군의 정보이다 보니 접근에 한계가 있겠지만, 사건 정보 자체는 확인할 수 있었다.

"이름도 있고 계급도 있고. 이 정도면 확인해 볼 수 있겠는데?"

벅시는 어깨를 으쓱했다.

"뭐, 사건의 존재 자체를 확인하는 건 어렵지 않으니까."

순순히 말하면서도 벅시는 그다지 기대는 하지 않았다.

아무리 돈이 좋아도 이런 미친 짓을 하는 놈은 없을 거라 생각했기 때문이다.

"좋아, 그러면 내가 알아보고 연락해 줄게."

벅시는 쉽게 생각하며 말했다.

쾅쾅쾅.

비가 쏟아지는 새벽. 벅시는 아파트의 문을 미친 듯이 두들겼다.

　"흐으암…… 누구세요?"

　"나야, 벅시! 릭! 당장 일어나!"

　"벅시? 이 시간에 무슨 일이야?"

　피곤한 얼굴로 눈을 비비면서 문을 여는 릭.

　문이 열리자마자 벅시는 릭의 어깨를 붙잡았다.

　"며칠 전 그 사건! 그 사건, 기억해?"

　"며칠 전? 아, 주한 미군 사건?"

　"그래, 그 주한 미군 사건! 그거 연락 왔어. 그거, 실재하는 사건이래."

　"뭐?"

　릭은 정신이 번쩍 들면서 잠이 확 깼다.

　"그게 사실이야?"

　"사건도 존재하고 피해자도 존재하고, 심지어 가해자의 이름도 맞아!"

　"그게 무슨 소리야? 그러면 그 강간 패키지가 사실이란 말이야?"

　"그래! 이건 미친 짓이야!"

　벅시는 눈이 벌게져서 안으로 들어왔다.

　"무려 팔백 건이라고! 그런데 그게 사실이라고?"

　물론 정말 팔백 건이나 되는지 확인할 수는 없었다.

하지만 등장인물도 강간 사건도 증거도 있다면, 이건 심각한 문제다.

"더군다나 미성년자 강간 사건까지 들어가 있어. 그런데 그걸 판다고?"

"그래서 지금 내가 온 거야! 이건 터트려야 해!"

"안 터트릴 수가 없지! 이게 말이나 되느냐고! 이런 일이 지금까지 처벌을 안 받았다는 거야?"

"정보원 말로는 그래. 이제 걸려서 수사 중이래."

"이런……."

릭은 입술을 깨물었다.

"잠깐 기다려."

그리고 안으로 들어가더니 옷을 갈아입고 나왔다.

"당장 터트려야 해. 누군가 구입하는 것도 막아야 하고! 바로 회사로 가자."

"그러자, 릭. 어서 가자."

그들은 서둘러서 회사로 향했다.

⚖

그리고 다음 날, 하나의 언론사에서 터진 뉴스는 무섭게 미국으로 퍼져 나가기 시작했다.

특히나 아동 강간이 들어 있다는 말에 미국 국민들은 더더욱 경악했다.

최소한 미국에서는 아동 강간은 절대 용납될 수 없는 범죄였기 때문이다.

"아마도 한국 쪽만 틀어막으면 된다고 생각했겠지."

노형진은 피식 웃으며 말했다.

하지만 한국 쪽은 틀어막았다고 해도 미국 쪽은 틀어막을 수가 없다.

"거기에다가 인터넷에 몇 마디 말만 던져 주면 되니 어려운 일은 아니니까."

실제로 구입했다는 가짜 인증 글을 몇 가지 올려 준 것만으로도 주한 미군은 가루가 되도록 까이고 있었다.

사건을 덮으려던 그들의 노력은 그렇게 헛되이 끝났다.

미국에서 터지기 시작하자 한국에서도 터졌고, 한번 터지고 나자 언론에서는 그걸 감출 이유가 없었다.

"이제 사건은 정리된 것 같네."

결국 미 정부는 기자회견을 통해 사과하고 사건을 공개적으로 수사하겠다고 했지만, 사람들은 그 말을 믿지 않았다.

그럴 수밖에 없는 게, 외부에 판매된 동영상이 팔백 개라고 하는데 미 정부에서 가진 건 여든 개뿐이었으니까.

즉, 잡지 못한 사람들이 있다는 소리였고, 결국 미국은 주한 미군에 대해 대대적으로 감사를 진행했다.

그러자 그 과정에서 루이스 오드웰이 감춘 사건뿐만 아니라 그동안 은닉되어 있던 수많은 사건들이 드러나면서 한국은 상당히 시끄러워질 수밖에 없었다.

"결국 없다고 나오겠지만, 그래도 당분간은 질이 안 좋은 놈들을 한국으로 보내는 미국의 버릇은 고쳐지겠지."

노형진은 느긋하게 의자에 기대며 말했다.

그들의 행동으로 인해 한국인들이 손해 보는 일은 없을 것이다.

"물론 그런다고 해서 미군 범죄가 아예 사라지지는 않겠지만."

하지만 그것만 해도 충분했다. 현재로써는 말이다.

"소파협정 때문에 한국에서의 대응이 불가능하다면 다른 방식을 써야지, 뭐, 후후후."

"그나저나 이제 그 관련 영상이 나갈 일이 없겠지?"

오광훈의 말에 노형진은 고개를 끄덕거렸다.

"그럴 일은 없어. 일단 그게 나가면 미국이 곤란해지거든."

그게 미군의 손에 들어간 건 세상이 다 안다.

그러니 그게 새어 나가면 그 책임은 미군이 지게 된다.

"이제 남은 건 주한 미군 내의 범죄자들을 정리하는 것뿐이야."

그리고 그건 미군이 알아서 할 일이다.

"우리는 좀 쉬자고."

노형진은 의자에 기대어 눈을 감으며 말했다.

"우리는 최선을 다했으니까 말이야."

원한과 범죄

변호사의 가장 기본적인 업무는 바로 진실을 찾는 것이다.

노형진이 민사 쪽 업무를 많이 하기는 하지만 그렇다고 해서 형사적인 사건을 아예 안 하는 것은 아니다.

그리고 노형진에게 오는 형사사건은 절대로 쉬운 게 아니었다.

"확실히 불리한 사건입니다. 원한도 그렇고 시기도 그렇고."

"저는 안 죽였다니까요! 저도 미치겠어요!"

성준식은 미치겠다는 듯 가슴을 두들겼다.

"그 여자랑 싸운 거 맞습니다! 소송 중인 것도 맞고요! 하지만 제가 그 여자를 죽이지는 않았습니다!"

"알고 있습니다. 하지만 정황도 그렇고 사건 상황도 그렇고, 성준식 씨가 범인이라고 볼 수밖에 없어요."

노형진은 구치소 내에서 성준식과 이야기를 하면서 차분하게 말했다.

"도대체 왜 그 여자를 만난 겁니까?"

"그년이, 상황이 다급해지니까 다시 시작하자고 했습니다."

"그런다고 함께 나갔다고요?"

"저도 미친 짓인 줄 압니다. 하지만……."

길게 한숨을 쉬는 성준식.

"미운 마음만큼 아직 감정이 남아 있어서……."

"사랑과 미움은 한 끗 차이라고 하지요."

노형진은 씁쓸하게 말했다.

"하지만 그 때문에 상황이 너무 안 좋아졌습니다."

성준식은 사귀는 사람이 있었다.

아니, 사귄다고 생각한 사람이 있었다.

성준식은 그녀를 위해 최선을 다해서 노력했고, 그중에는 적지 않은 금전 역시 포함되어 있었다.

그런데 성준식의 여자 친구인 채영은은 그런 생각이 아니었다.

채영은은 오직 성준식의 돈만을 노리고 있었고 다른 사람과 바람피우다가 걸렸다.

그로 인해 성준식은 결별을 통보했고 그동안 준 돈에 대해 혼인 빙자 사기를 이유로 고소했다.

"차라리 그럴 때는 공개된 석상에서 만났어야 합니다."

"이렇게 될 줄 몰랐습니다."

"이렇게 될 줄 몰랐다고 해도 말입니다. 저희한테 미리 연락을 주셨어야 했습니다. 소송에서 불리한 경우 이렇게 따로 자리를 만들어서 성추행이나 강간 혐의를 뒤집어씌우는 여자들이 얼마나 많은지 아십니까?"

노형진은 긴 한숨을 쉬었다.

"아니, 차라리 그랬으면 어떻게 항변이라도 해 보겠는데 말이지요."

어느 날 밤 성준식을 만나고 싶다고 다짜고짜 채영은이 찾아왔고, 성준식은 그녀와 함께 인천으로 향했다.

그리고 며칠 후 채영은이 인천의 한 바닷가에서 변사체로 발견된 것이 문제였다.

당연하게도 그녀의 마지막 흔적은 성준식과 함께 있었던 것이고, 성준식은 그녀를 죽일 원한도 있고 기회도 있었으며 같이 있었다는 증거까지 있고 그 이후에 그녀를 본 사람도 없다.

그렇다 보니 경찰은 성준식을 범인으로 보고 조사했고 결국 그는 살인이라는 죄목으로 기소당했다.

거기에다가 도주의 우려가 있다고 구속 기소 상태.

'이 사람이 죽이지 않은 것은 확실한데.'

노형진이 성준식의 기억을 읽었으니 그건 부정할 수 없는 사실이다.

　문제는 그걸 입증할 방법이 없다는 것이다.

　"이 사건에 관련해서 저희가 최선을 다해서 변호를 하겠지만, 쉽지는 않을 겁니다."

　모든 조건이 완벽하게 맞아떨어진 상황.

　"저는 누명을 쓴 겁니다. 진짜예요."

　"그게 문제입니다. 누명을 씌울 사람이 없지 않습니까?"

　만일 성준식이 성추행이나 강간 같은 죄를 뒤집어썼다면 그건 누명이라고 쉽게 생각할 수 있다.

　몇몇 여성 범죄자들은 소송 중에 불리해지면 유리한 고지를 차지하기 위해 상대방을 무조건 성추행이나 강간으로 고소하기도 한다.

　대한민국은 무고죄 처벌이 아주 약하기 때문이다.

　"하지만 자기 목숨까지 걸어 가며 누명을 씌우는 일은 거의 없죠."

　물론 원한이 심하면 그럴 수도 있기는 하다.

　하지만 이번 사건은 아니다.

　"그런데 이번 사건은 그마저도 불가능하지요."

　사인은 후두부 타격에 의한 기절과 그로 인한 익사.

　정확하게 표현하면 쇠 파이프로 보이는 물건으로 후두부를 타격당했고, 그 상황에서 기절하자 바다에 던져져서 익사한 것으로 되어 있었다.

"그리고 최후까지 같이 있었던 사람이 바로 성준식 씨고요."

그가 헤어졌다고 주장하는 시간과 사망한 시간 차이는 한 시간 정도, 물에 빠져서 체온이 변한 걸 생각하면 검시할 때 시간 차이는 세 시간 정도.

그러니까 그 시간에 살인이 벌어졌을 가능성은 충분하다는 것이다.

"저는 진짜 억울합니다!"

울부짖는 성준식.

노형진은 그런 그의 어깨를 다독거렸다.

"제가 어떻게 해서든 진실을 밝혀내겠습니다. 그러니 걱정하지 마세요."

그러면서도 속으로는 길게 한숨을 내쉴 수밖에 없었다.

⚖

"쉽지 않아요. 사건을 보면 그가 명확하게 범인이에요. 노 변호사님은 성준식 씨가 진짜로 범인이 아니라고 생각하세요?"

"그 사람은 범인이 아닙니다."

"보통 노 변호사님은 의뢰인도 안 믿잖아요?"

"제가 의뢰인을 안 믿는 건 자신에게 불리한 걸 감추는 겁니다. 사건 자체를 감추지는 못하지요."

고연미 변호사에게 말하면서도 노형식은 곤란한 표정을

지울 수 없었다.

"하지만 이번 사건이 확실히 쉽지는 않아요. 다른 관련 자료는 없나요?"

고연미는 고개를 흔들었다.

노형진이 성준식과 만나는 사이에 고연미는 사건 자체를 분석하려고 했다.

하지만 그 결과는 좋지 않았다.

"다르게 해석할 여지 자체가 없어요."

고연미는 그렇게 말하면서 미리 준비한 화이트보드를 보여 줬다.

"이게 타임라인이에요. 처음에 나가는 순간부터 집으로 들어온 시간까지요."

고연미는 화이트보드에 있는 시간에 빨간색 펜으로 선을 그어 갔다.

"밤 11시쯤 만나서, 집에 들어온 시간은 오전 11시예요. 총 열두 시간을 나가 있었어요. 문제는 전반 여섯 시간이지요."

집에 나가서 인천으로 가는 사이에 한 번의 주유가 있었고, 인천에 도착한 뒤 1시경에 커피를 산 기록이 있다.

커피숍에서 두 시간 정도 이야기를 하고 그들은 나갔다.

"여기서 문제가 되는 게, 바로 성준식 씨가 그 이후에 보인 행동이에요."

성준식의 주장은 사람이 없는 한적한 곳에서 두 시간 정도

이야기를 하고, 결국 마음을 정리하고 술을 마시고 차에서
잠들었으며 집에 온 게 11시라는 거다.

"그런데 그걸 입증할 방법이 없어요."

"차량의 블랙박스가 대기형으로 설정되어 있었으면 좋았
을 텐데요."

차량 블랙박스의 녹화 방식은 두 가지가 있다.

하나는 주행식, 즉 시동이 켜져 있을 때 작동하는 방식이다.

나머지 하나는 대기 방식. 차량 배터리와 연결되어서 일정
시간 차량이 주행하지 않아도 녹화하는 방식이다.

후자는 차가 주차되어 있는 상황에서 긁고 도망가는 것을
잡기 위해 쓰는 방식이다.

"그런데 이 차량은 주행식이더라고요."

만일 대기 방식이었다면 그가 차에서 잠든 시간이 나올 테
지만 그게 아니어서 입증할 방법이 없었다.

"다른 주변 증인들은요?"

"애석하게도 없어요. 애초에 차가 주차되어 있던 곳이 사
람이 거의 안 다니는 곳이었고요. 당연하게도 CCTV도 없었
어요."

그래서 그의 무죄를 입증할 수 있는 방법이 없었다.

"당장 얼마 후에 재판이 시작되는데 무슨 방법으로 해결할
지 답이 안 보이네요."

긴 한숨을 내쉬는 고연미.

노형진은 머리를 긁적이면서 말했다.

"저도 모르겠네요. 워낙 정황증거가 확실한 상황이라."

다만 살인을 한 현장이 없다는 게 문제인데.

"이 정도 정황증거라면 충분히 살인이 인정될 겁니다."

노형진은 그렇게 말하면서 입맛을 다셨다.

"일단은 주변을 더 조사해 주세요. 정보 팀에 이야기해서
혹시 주변에 상시 모드로 녹화되고 있던 차량이 있었는지도
확인 부탁드려요."

"그렇잖아도 그러고 있어요."

"현재 제가 할 수 있는 건……."

노형진은 눈을 찡그렸다.

"시간을 좀 끄는 것뿐이군요."

⚖

재판이 시작되자 노형진은 최대한 방어에 나섰다.

하지만 쉽지 않았다.

"보다시피 성준식은 채영은에게 1억 이상의 금전을 지급
했습니다. 하지만 사실상 채영은은 변제할 능력이 되지 않습
니다."

검사의 날카로운 공격이 계속되었다.

"이에 성준식은 원한을 품고 있었는데, 채영은이 그 문제

를 이야기하자고 하자 분노를 참지 못하고 살인을 저지른 겁니다."

검사의 말은 상식적이고 또 합당했다.

노형진이 검사였다 해도 똑같이 공격했을 것이다.

'배심원들은?'

노형진은 배심원들을 보고는 살짝 눈을 찡그렸다.

그들의 시선은 하나같이 검사에게 가 있었다.

물론 그건 당연한 일이기는 하다. 하지만 몇몇이 고개를 끄덕거리는 것이 문제였다.

'확실히 배심원들은 검사의 말을 들어 주고 있어.'

배심원 신청은 피고인만 할 수 있다. 그리고 노형진은 피고인을 설득해서 배심원을 신청했다.

최대한 이쪽이 유리해지도록 하기 위해서다.

'하지만 이쪽에 대해서는 관심이 없는 것 같군.'

그럴 만하다.

사실 이건 누가 봐도 성준식이 채영은을 죽였다고밖에 할수 없는 상황이니까.

'하지만 그 논리를 깨야 하는 게 내 입장이지.'

생각에 골몰한 사이 검사가 자신의 주장을 끝내고 물러났고 판사는 노형진을 바라보면서 말했다.

"피고인 측 변호인, 변호하세요."

"친애하는 재판장님, 이 사건에 있어서, 일단 저는 사건의 현장에 대해 의심할 수밖에 없습니다."

"현장?"

"그렇습니다."

정황상 분명 성준식이 범인으로 보이기는 한다.

그러나 아예 완벽하게 빠져나갈 길이 없는 것은 아니다.

"일단 검찰 측은 살인에 이용된 증거를 제출하지 못했습니다."

"공식적인 사인은 익사입니다만?"

"물론 그렇지요. 하지만 이 기록을 보면 후두부 열상이 있다고 되어 있습니다. 도구는 쇠 파이프 등으로 추정된다고 되어 있고요. 즉, 누군가가 피해자 채영은을 뒤에서 쇠 파이프로 후려쳐서 기절시켰다는 겁니다. 하지만 정작 그 쇠 파이프는 존재하지 않습니다."

"그건 바다에 투척하거나 관련되지 않은 지역에 버렸을 가능성이 높습니다."

"흠……."

아무리 정황증거가 확실하다고 해도 그것만 가지고 살인을 인정하기에는 분명 문제가 있다.

물론 인정 못 할 것은 아니지만 재판부에는 그만큼 부담이 갈 수밖에 없다.

"그러면 그걸 찾아야 하는 것이 아닙니까?"

"범인이 작심하고 증거를 감추려고 했는데 그걸 어떻게 찾습니까! 이미 폐기되거나 은닉되었을 텐데요!"

검찰의 항변에 노형진이 피식 웃었다.

"그걸 찾는 게 검찰의 책임 아닌가요? 어떤 범인이든 그건 당연한 겁니다. 증거를 찾지 못할 게 분명하다고 해서 무조건 정황증거만 가지고 판단한다면 법정증거주의는 왜 존재합니까?"

"으음······."

노형진은 이번 사건에서 가장 핵심적인 부분을 지적했다.

"이번 사건에서 검찰은 살인의 직접적인 증거를 제출하지 못했습니다. 영상이나 지문 등, 검찰이 제시한 모든 증거는 정황증거일 뿐입니다."

노형진의 말에 검사는 바로 반박을 했다.

"피고인은 살인 이후에 시신을 바다로 던졌습니다. 그리고 그 바다에 해당 증거도 던졌다면 그걸 찾는 것은 불가능합니다."

"그건 변명 아닙니까, 검찰 측?"

노형진은 검사를 보고 날카롭게 말했다.

"요즘 국민들은 바보가 아닙니다."

노형진은 슬쩍 배심원들을 바라보면서 말했다.

검사와 배심원이 심리적으로 동조된 상황이라면 그가 뭐라고 하든 배심원들이 믿어 줄 리가 없다.

'하지만 그들의 사이를 틀어 놓으면 상황은 좀 바뀌지.'

그리고 그 방법은 간단하다.

검찰의 본성을 배심원들에게 일깨우는 것이다.

"국민을 바보로 아는 거라니요!"

버럭 화를 내는 검사.

노형진은 그를 보다가 배심원들을 바라보았다.

"친애하는 배심원 여러분, 여러분들은 〈과학수사대〉라는 미국 드라마를 보신 적이 있으십니까?"

다들 서로를 돌아보았다.

누구도 대답하지는 않았지만 대부분은 본 눈치였다.

'그럴 수밖에 없지.'

케이블에서 하루 종일 틀어 주고 심지어 공중파에서도 틀어 주는, 미국의 최대 흥행작 중 하나이니까.

"그 드라마 장면에서 보면 그들은 증거를 찾기 위해 수중 수색도 마다하지 않습니다. 그런데 왜 우리 검찰은 수색을 하지 않을까요? 장비가 없나요? 돈이 없나요? 아니면 그게 필요 없을 정도로 국민들이 바보라고 생각하는 걸까요?"

"으윽!"

노형진의 말에 검사는 당황한 표정이 되었다.

설마 이런 이야기를 꺼낼 줄은 몰랐으니까.

"설마 검사 측에서는 배심원들이 법정증거주의도 모를 만큼 바보라서 증거도 확인하지 않을 거라 생각한 걸까요?"

노형진의 말에 몇몇 배심원들의 눈빛이 변했다.

확실히 그 드라마를 보면 증거를 찾기 위해 물속까지 샅샅

이 뒤지는 장면이 나온다.

"하지만 물속에 들어가면 증거는 오염됩니다."

검사는 애써 변명을 했다.

하지만 사람들은 본 것만 믿는다.

"그러면 물속에서 그 증거를 찾을 필요도 없지요. 안 그런
가요? 그러면 미국 경찰은 바보인가 보군요. 이미 오염되어
서 쓸 수도 없는 증거를 그렇게 찾아 헤매는 걸 보면요."

아무런 말도 못 하는 검사.

물론 틀린 말은 아니다.

물속에 들어가면 오염되는 건 당연하고, 지문 같은 것도
사라진다.

'하지만 그걸 찾아서 오는 것과 애초에 찾으려 하지도 않
는 건 전혀 다른 문제지.'

당연하게도 배심원들은 그 증거를 요구하기 시작할 테고
그걸 찾는 동안에 노형진은 시간을 끌 수 있다.

물론 노형진이 그것만 가지고 시간을 끌려고 하는 것은 아
니다.

이 사건의 정황증거를 혼란하게 만들 수 있는 다른 문제점
도 있었다.

"친애하는 재판장님, 이번 사건에 검찰 측이 제출한 증거
에는 심각한 오류가 있습니다."

"오류?"

오류라는 말에 검사는 기가 막혔다.

"도대체 어떤 오류가 있단 말입니까? 정황상 모든 증거는 성준식이 살인을 했다고 가리키고 있습니다."

맞다. 정황상으로는 그렇다.

하지만 노형진은 그들이 보지 못한 부분을 알아차렸다.

"재판장님, 이 지도를 봐 주시기 바랍니다."

노형진은 지금까지와는 다른 지도를 꺼내 들었다.

그 지도에는 여러 가지 색으로 표시된 바다가 있었다.

"그게 뭡니까?"

"이것은 인천 앞바다, 정확하게는 검찰 측이 살인이 벌어 졌다고 지목한 장소의 해류 지도입니다."

"해류 지도?"

"그렇습니다. 정식으로 대학에 자문을 통해서 구한 지도 이며 공식적인 해류 지도이므로, 다른 곳에 확인하셔도 동일 한 지도를 얻게 되실 겁니다."

해류라는 말에 검사는 당황했다.

해류는 생각도 안 해 봤으니까.

'사실 바다는 다 다르지.'

사람이 지나가는 길이 있고 바람이 지나가는 길이 있듯이, 물 역시 지나가는 길이 있다.

바로 해류다. 바다의 거대한 흐름.

그건 거의 바뀌지 않는다.

"이 지역의 해류를 살펴보면, 만일 이곳에서 뭔가를 바다에 던졌다면 해류를 따라 남쪽으로 내려갔어야 합니다. 하지만 피해자 채영은이 발견된 곳은 이곳에서 북쪽입니다. 만일 피고인 성준식이 검찰이 주장하는 곳에서 살인을 저지르고 시신을 바다로 던졌다면 피해자 채영은의 시신은 북쪽이 아니라 남쪽으로 흘러갔어야 합니다."

노형진의 말에 검사는 당황했다.

바다에 던지면 다 그냥 이리저리 흘러 다닐 줄만 알았던 것이다.

'그게 현실과 서류의 괴리겠지.'

경찰이 주는 것만 가지고 판단하는데, 경찰이 해도까지 주었을 리 없으니까.

"결과적으로 시신이 발견된 위치를 고려해 보았을 때 피고인 성준식은 검찰이 주장하는 살인 장소보다 더 북쪽으로 가서 시신을 버렸어야 합니다. 하지만 검찰 측이 제시한 증거에 따르면 피고인의 동선을 입증할 만한 어떠한 증거도 없습니다."

"흠……."

노형진의 주장에 배심원들과 판사는 검사 측을 바라보았다.

하지만 검사는 제대로 대응할 수가 없었다.

"추후 확인해 보도록 하겠습니다."

그가 할 수 있는 수준은 딱 그 정도였다.

그리고 그럴수록 재판은 길어질 수밖에 없다.

"그리고 다른 이상한 부분이 또 있습니다. 재판장님, 검찰 측이 제시한 현장 사진을 봐 주시기 바랍니다."

노형진은 그들에게서 받은 사진을 들어서 배심원들에게 스윽 보여 줬다.

"그들이 이야기한 곳은 인적이 드문 해변입니다. 정확하게는 해변의 절벽 위라고 표현하는 게 맞습니다. 여기에서 뭐가 보이십니까?"

"아무것도 안 보이는데요."

누군가의 말. 노형진은 고개를 끄덕거렸다.

"네, 아무것도 없습니다."

살인이 벌어진 장소는 해안가의 도로다. 산세가 험해서 뭔가를 설치할 수도 없는 그런 곳 말이다.

"검찰 측은 오른쪽에 차를 임시로 세울 수 있는 곳이 있고 그곳에서 둘이 대화를 나눴다고 주장하고 있습니다."

노형진은 그러면서 다른 증거 사진을 내밀었다.

"이건 어제 저희 새론에서 이곳에 가서 촬영한 영상입니다. 여전히 아무것도 없습니다."

"그게 뭐가 중요한가요?"

판사는 고개를 갸웃했다.

시간이 달라졌을 뿐 바뀐 건 아무것도 없으니까.

"아무것도 없다는 것이 중요합니다."

"아무것도 없다는 것이 중요하다?"

"검찰 측은 피고인 성준식이 순간적인 격분을 참지 못하고 현장에 있던 쇠 파이프 등의 무기를 휘둘러서 피해자를 기절시키고 바다로 던졌다고 했습니다."

"그래서요?"

"하지만 이 현장이 그런 무기가 있을 만한 곳입니까"

"음?"

"쇠 파이프라는 것은 공사용 자재입니다."

즉, 그곳에 뭔가를 만들었어야 존재할 수 있다.

기본적으로 배관용이나 지지대용으로 많이 쓴다.

"하지만 이 현장에는 그런 게 전혀 없지요."

가드레일이 있기는 하지만 그걸 만드는 데에는 쇠 파이프가 필요 없다.

콘크리트로 만든 물건이니까.

엄밀하게 말하면 가드레일이라기보다는 추락 방지용 턱이다.

"그리고 이곳에서 가장 가까이에 있는 건물은 500미터 떨어져 있으며 건축된 지 20년 되었습니다. 지어진 지 20년이나 된 건물에 쇠 파이프가 굴러다니지는 않겠지요. 즉, 범행 도구는 어딘가의 공사 현장에서 나왔을 텐데, 저희가 조사해 본 바로 가장 가까이에 있는 공사 현장과의 거리는 3~4킬로미터입니다."

노형진은 그렇게 말하면서 공사 현장이 찍힌 사진을 건넸다.

제법 커다란 빌딩을 올리는 장면이 사진에 찍혀 있었다.

"그리고 이 공사 현장은 스물네 시간 경비원이 경비를 서고 있지요."

노형진은 그렇게 말하면서 검사를 바라보았다.

"당연하게도 해당 공사 현장에는 CCTV가 존재합니다. 그러나 그 CCTV에는 피고인 성준식이 찍혀 있지 않습니다. 검찰 측 보고서에는 피고인 성준식이 욱하는 마음에 순간적으로 흥분하여 현장에 있던 쇠 파이프로 피해자를 가격한 것으로 되어 있는데, 정작 범행 현장으로 추정되는 장소 주변에 쇠 파이프가 있을 만한 곳은 한 곳도 없었습니다."

"……"

무기를 챙긴다는 것. 그건 상당히 중요한 일이다.

아무리 그걸로 죽였다고 해도 정작 그 무기를 얻을 방법이 없었다면 살인이란 존재할 수가 없게 된다.

"검찰 측의 말대로라면 성준식은 최소 3~4킬로미터를 가서 몰래 공사 현장으로 들어가 쇠 파이프를 들고나와 피해자 채영은이 기다리고 있던 현장으로 가서, 사람이 다가오는데도 불구하고 신경도 안 쓰고 있던 채영은을 뒤에서 후려쳤다는 의미가 됩니다."

누군가가 다가오는데 고개도 돌려보지 않는 사람은 없다.

그리고 상대방이 쇠 파이프를 들고 있다면 도망가지 않을 사람도 없고.

"더군다나 자신에게 원한이 있는 사람이 그렇게 다가오는데 도망가지 않을 사람이 있을까요?"

"몰래 다가갔다면 가능하지요."

"그럴 수도 있지요. 그래서 저희가 확인해 봤습니다. 사건 현장에서 공사 현장까지 왕복 25분이 걸렸습니다. CCTV에 걸리지 않고 쇠 파이프를 훔치는 시간을 감안하면 50분은 잡아야 합니다. 피해자가 50분 동안 그 현장에서 그냥 기다리고 있었다는 게, 말이나 된다고 생각합니까?"

"으음……."

노형진은 곧바로 새로운 증거를 내밀었다.

"그리고 이건 해당 공사 현장으로 가는 와중에 있는 CCTV의 넘버입니다. 저희는 그걸 확인할 수 없기 때문에 해당 CCTV의 번호만 확인해 왔습니다. 만일 피고인 성준식이 살인을 한 게 맞는다면, 이 CCTV에 그 당시 이동 영상이 있을 거라고 생각합니다."

노형진이 대놓고 CCTV 넘버를 넘기자 검사는 당혹감을 감추지 못했다.

그만큼 노형진에게 자신이 있다는 소리니까.

'바뀌었다.'

아까와는 확실히 달라진 배심원들의 시선.

그들은 아까처럼 혐오의 시선이 아니라 의문으로 가득한 시선으로 성준식을 보고 있었다.

거기에다가 노형진은 합리적인 의심이라는 양념을 뿌렸다.

"친애하는 재판장님, 그리고 배심원 여러분. 피해자 채영은은 피고인 성준식에게 무려 1억에 가까운 피해를 입혔습니다. 물론 그것이 성준식이 살인을 저지른 원인이 될 수도 있습니다. 하지만 달리 보면, 채영은이 다른 피해 남성을 만들었을 수도 있습니다. 만일 피해자 채영은이 그날 성준식과 헤어진 후 누군가가 보복을 목적으로 따라다닌 거라면 피고인 성준식은 분명 죄를 뒤집어쓸 수도 있는 일입니다."

노형진의 말에 다들 고개를 끄덕거렸다.

어찌 되었건 채영은이 죽은 건 사실이고 그녀가 생전에 사기를 친 것은 맞다.

'그리고 대부분의 사람들은 범죄자가 한 번만 사기를 친다고는 생각하지 않지.'

확실히 아까와는 다른 분위기의 배심원들.

"검찰 측, 증거를 보강해서 추가 제출해 주시기 바랍니다."

"네…… 알겠습니다."

검사는 노형진의 공격을 방어하지 못하고 그저 입술을 깨물 수밖에 없었다.

⚖️

"일단 시간은 끌었군요. 그게 얼마나 갈지 모르겠지만."

이것이 법이다

합리적 의심이라고 하지만 그건 의심일 뿐이다.

변명을 만들어 내는 것은 어렵지 않다.

"하지만 해류 문제는요?"

"시신만 가지고 가서 버리는 건 어려운 일이 아니니까요. 가는 길에 CCTV나 검문도 없었고."

그러니 검사가 다음번에는 그런 주장을 할 수도 있다.

"하지만 쇠 파이프 문제가 있잖아요?"

"압니다. 하지만 검찰에서 낙하물이라고 주장한다면요?"

"아⋯⋯."

그 지역은 수많은 트럭들이 다니니 낙하물이라고 주장하기 시작하면 판사나 다른 사람들이 거기에 넘어갈 수도 있다.

"물론 그것도 결국 정황증거일 뿐입니다. 하지만 분명 불리한 것은 사실이지요."

노형진은 눈을 찌푸리면서 말했다.

"보통 이런 경우는 검찰에서 언론 플레이를 시작할 테니까요."

고연미는 길게 한숨을 내쉬었다. 한두 번 당한 게 아니니까.

"언론 플레이를 하게 되면 우리가 불리할 텐데요?"

"그러니까 문제입니다."

언론 플레이를 할 때 사람들은 진실보다는 감정에 휩싸인다.

거기에다 건장한 남성이 20대 여성을 죽였다는 점을 생각하면 언론이 어디로 흘러갈지는 뻔하다.

"하지만 채영은이 사기로 돈을 빼앗은 것은 사실이잖아요?"

"그건 사실입니다. 하지만 아무리 돈이 좋다고 한다고 한들 사람 목숨만 하겠습니까?"

일부 이해한다는 의견은 있을 수 있겠지만, 그렇다고 해도 성준식의 편을 들어 줄 사람은 없다.

"그리고 배심원들이 그 영향을 안 받을 수는 없지요."

노형진의 말에 고연미는 입술을 깨물었다.

미국 같은 경우는 사건에 대한 심사가 시작되면 모든 배심원은 밀폐된 공간에 들어간다.

숙식도 호텔에서 해결하며, 외부의 정보를 얻을 수 있는 라인은 철저하게 차단된다.

심지어 뉴스조차도 말이다.

"하지만 한국은 그런 규정이 없지요."

판사가 기일을 변경하면 다시 나와야 하는데, 그 와중에 언론과 인터넷에 노출이 안 될 수가 없다.

"하지만 그걸 어떻게 뒤집지요?"

"가장 좋은 건 진범을 찾는 겁니다."

문제는 진범을 찾을 방법이 없다는 거다.

언론에서도 그렇고 정부에서도 그렇고, 답을 정해 두고 몰아붙이니까.

"아마도 검찰이나 경찰도 진범에 대해서는 관심이 없을 겁니다."

노형진의 말에 고연미는 눈을 찡그렸다. 그게 사실이니까.

민주화된 지금도 상대방이 약해 보이면 폭력을 동반해서 죄를 뒤집어씌우는 것이 경찰이다.

심지어 사람 좀 패게 자리 좀 비켜 달라고 하면 비켜 주기도 한다.

그런 그들이 진짜 범인을 찾기 위해 노력하기를 바라는 건 무리다.

"그러니 우리가 범인을 찾아야 합니다."

"어떻게요?"

"우리 쪽에도 나름 정보원이 있지 않습니까?"

노형진은 씩 웃으며 말했다.

⚖️

"아주 꽁꽁 감추던데?"

오광훈은 느긋하게 이를 쑤시며 말했다.

"자료에 접근할 방법이 없어. 전처럼 직원들을 통해 접근하는 것도 쉽지 않고. 전보다 스타 검사에 대한 적대감이 커졌어."

"그러겠지."

노형진은 오광훈의 말에 고개를 끄덕거렸다.

지금까지 스타 검사들은 기존 검사들이 하던 실수를 바로잡고 진범을 잡는 데 혁혁한 공을 세웠다.

그뿐만 아니라 내부의 부패자들도 정화했다.

거기에다 언론에 드러나서 인기까지 끌고 있으니, 기존 세력에게는 무척이나 골치 아픈 존재였다.

"담당 검사에 대해서는 아는 바 없어?"

"그저 그런 놈이야. 딱히 승진 라인도 아니고, 딱히 승진에 대한 욕심도 없고 능력도 없고."

물론 승진에 대한 욕심이 전혀 없는 것은 아닐 것이다.

하지만 능력이 안되니까 적당히 포기했다는 의미겠지.

"왜? 사건을 은폐한다고 생각해?"

"아니, 그건 아닌데, 사건 처리 자체를 너무 허술하게 해서."

"얼마 전에 승진에서 떨어졌거든. 나가리지, 뭐."

"아아, 무슨 소리인지 알겠다."

승진에서 떨어졌다는 것. 즉, 곧 나가서 변호사 개업해야 한다는 소리다.

그렇다 보니 아무래도 일을 대충 한다는 뜻일 것이다.

"뭐, 투철한 정의심 같은 건 없는 인간이라."

"그러면 그 녀석에게 돈을 주면 자료 같은 거 못 받으려나?"

"무서운 소리 하지 마라. 아무리 그래도 검사다. 그리고 너한테 주겠냐? 재판정에서 그 개쪽을 줬는데?"

"아니, 내가 뭘?"

"너한테 걸리면 검사들이 얼마나 갈려 나가는지 몰라서 그래?"

"그건 지들 잘못이지 나한테 왜 그래?"

만일 조금만 조사를 했다면 사건이 의심스럽다는 걸 알았을 것이다.

하지만 조사는커녕 대충 정황증거만 가지고 성준식이 살인범이라고 몰아붙이고 있었다.

"결론적으로 말하면, 그 사람이 사건을 은폐할 이유는 없어. 게을러서 안 했을 수는 있지만."

"수색은?"

"뭐, 하고 있기는 한데."

어깨를 으쓱하는 오광훈.

"거기서 뭐가 나올 것 같지는 않던데?"

"살인 현장은 거기가 아니라니까."

물론 성준식이 거기에서 마지막으로 헤어진 것은 사실이다.

화가 나서 그냥 두고 왔다고 했으니까.

"그러면 다른 누군가가 죽였을 수도 있다고 판단할 수 있는 문제 같긴 한데."

하지만 검찰은 그냥 '그럴 가능성이 제일 높으니까'라는 이유 하나만으로 성준식을 범인으로 지목했다.

"그렇게 정의를 찾으려고 했다면 검찰이 부패했다는 소리도 안 듣지. 그리고 결과가 이거다."

툭 하고 신문을 던지고는 수저로 국밥을 후루룩 퍼먹는 노형진.

그의 예상대로 언론에서는 성준식을 범인으로 지목해서 사실상 인민재판이 벌어지고 있었다.

> 헤어진 연인에 대한 보복 살인
> 여성들, 이별 공포증에 떨고 있어
> 사랑인가, 집착인가

"아주 생쇼를 하네. 성준식하고 채영은이 왜 소송 중인지 말하는 새끼는 하나도 없고."

오광훈은 피식거리며 웃으며 말했다.

이번 사건에서 정확하게 문제가 되는 것은 성준식이 채영은에게 준 돈이 과연 증여인가 아니면 사기인가라는 부분이다.

채영은은 무조건적 증여라고 주장하고 있고 성준식은 사기라고 주장하고 있다.

그리고 법적으로는 사기에 가까운 상황이다.

혼인 빙자 사기 말이다.

그나마 기사에서는 채권 문제로 소송 중이었다는 정도밖에 언급하지 않았다.

그렇다 보니 얼마 안 되는 돈으로 성준식이 살인까지 했다는 댓글이 대부분이었다.

"아주 작심했네."

"자기들이 쪽팔린 게 문제라는 거지, 진범을 잡는 것보다."

국밥을 내려놓은 노형진은 살짝 눈을 찡그렸다.

"그런데 말이다."

"응?"

"맨날 국밥만 먹으면 안 질리냐?"

"전혀."

"이놈의 국밥충 새끼 같으니라고."

"야, 국밥이 얼마나 맛있는데! 건강에도 좋고 맛도 좋고 싸고 양 많고."

"그건 니 입장이고. 그러니까 직원들이 너랑 밥 안 먹으려고 하지."

툴툴거리는 노형진.

그러나 오광훈은 대답 대신에 손을 번쩍 들었다.

"아줌마! 여기 국밥 한 그릇 더!"

"아오, 진짜."

노형진은 툴툴거리다가 한숨을 푹 쉬었다.

"그러면 정보는 없는 거지?"

"아니. 정보가 아예 없지는 않아."

이를 쑤시며 말하는 오광훈.

노형진은 눈을 반짝거렸다.

"호오. 무슨 정보? 사건 기록 자체에 접근을 못 한다면서?"

"그건 그렇지. 하지만 다른 건 알아냈지."

"어떤 거?"

"피해자가 양다리였다는 거."

"그건 이미 알고 있었잖아?"

애초에 피해자는 양다리를 걸치다가 일이 틀어지면서 소송까지 갔던 사람이다.

그러니 그게 딱히 특별한 정보는 아니다.

"알아. 하지만 내 이야기를 들어 봐. 지금 중요한 건 돈의 흐름이잖아? 근데 내가 보니까, 피해자가 돈을 현금으로 인출한 기록이 많더라고."

"현금?"

"그래. 받아 낸 돈을 다 현금으로 인출했어. 요즘 같은 시대에 누가 현금을 써? 통장에 돈이 있어도 체크카드를 쓰지."

"흠……."

확실히 재판 중에도 피해자의 돈이 어디로 갔는지에 대해서는 이야기 나온 바가 없었다.

"혹시 그 양다리남에게 간 건 아닐까?"

"그 남자에게?"

"그래. 그 여자는 자기가 성준식을 물었다고 생각했지만, 자기도 다른 남자에게 물린 거지."

오광훈의 견해는 상당히 새로웠다.

노형진은 그녀가 그 돈을 어딘가에 현금으로 빼돌렸다고 생각했다. 하지만 생각해 보면 오광훈의 말도 가능성이 없는 것은 아니다.

"그 다른 남자는 이번 사건의 수사 대상에서 제외되어 있잖아? 그쪽을 추적해 보면 뭐든 나올 것 같거든."

노형진은 씩 웃었다.

"나쁜 생각은 아니야. 어쩌면 진실은 거기에 있을지도 모르겠네."

노형진은 뭔가를 꺼내서 고연미에게 건넸다.

"이 진술서를 봐 주시겠어요?"

"성준식 씨의 진술서잖아요?"

"그리고 주변 인물들의 진술서지요."

노형진은 고개를 끄덕거리면서 말했다.

"이게 왜요?"

"아니, 이 진술서를 보다가 이상하다는 생각이 들어서 말이지요. 오광훈 검사도 이상하다는 말을 하더군요."

"어떤 거요?"

"이 부분요."

노형진은 성준식이 말한 부분과 주변 인물들이 말한 부분을 지적했다.

"성준식의 말에 따르면 채영은은 평소 검소한 스타일이라고 했습니다. 주변 인물들도 그랬고요. 누군가를 만날 때 돈을 과하거나 헤프게 쓰지도 않았고요."

"그랬지요. 그러다가 어느 순간 부모님의 병원비 등으로 돈을 요구했고요."

고연미는 사건 기록을 보면서 고개를 끄덕거렸다.

"그래서 우리는 채영은이 전문적인 사기꾼이라고 생각했잖아요? 전형적인 사기 방식이니까요."

차라리 사치를 하면 일찌감치 남자가 정이 떨어지지만, 그런 모습은 전혀 보이지 않다가 가족에게 헌신하기 위해 돈을 필요로 하면 상대방과 결혼까지 생각하는 남자는 함께 그 고통을 감내하려고 한다.

"네. 그래서 그 돈을 다른 곳에 빼돌렸다고 생각했잖아요."

"그런데 그 관련 자료는 나오지 않지 않았습니까?"

"그거야 현금으로 찾았으니까요."

고연미도 그 사건 기록을 안다.

현금으로 돈 1억 가까이를 찾아서 어디론가 옮겼다.

돈이 들어오는 족족 꺼냈기에 그녀가 사기꾼이라고 생각했다.

그때 노형진이 불쑥 물었다.

"만일 그녀도 피해자라면요?"

"네? 그녀가 피해자라니요? 애초에 살인 사건의 피해자가 맞습니다만?"

고연미는 당황해서 노형진을 쳐다보았다.

"아니, 제가 말하는 건 그게 아닙니다. 만약 그녀도 다른 사기꾼에게 물린 거라면 어떨까요?"

"다른 사기꾼요?"

고연미는 눈을 찌푸렸다. 그건 생각해 보지 못한 변수였다.

노형진의 말이 계속되었다.

"그녀가 양다리를 걸쳤던 건 다들 알고 있지 않았습니까? 하지만 정작 우리는 그 다른 남자에 대해선 전혀 모르지요. 그런데 그 남자가 만일 사기꾼이라면? 그래서 채영은이 속은 거라면요?"

고연미의 눈이 묘하게 휘어졌다

"그럼 채영은이 그 돈을 그 사기꾼에게 줬다?"

"네. 이런 말 하긴 그렇지만, 양다리가 두 사람을 완벽하게 사랑하는 건 아니지 않습니까?"

양다리는 둘 다 사랑해서 한쪽을 고르지 못하는 게 아니다.

대부분의 양다리는 한쪽이 메인이고 다른 한쪽은 보험 성향이 강하다.

"채영은이 성준식을 속여서 돈을 빼앗은 것은 사실입니다. 하지만 그녀의 과거 행동 패턴을 보면 사기꾼 성향과는 좀 거리가 있습니다. 채영은은 월급 200만 원을 받으면서 힘들게 일했지요."

그녀가 일한 곳은 핸드폰 부품을 조립하는 공장이었다. 그러니 월급이 많은 것도 아니었다.

"성준식 씨는 그녀를 소개로 만났고요."

성준식은 나름 돈을 버는 사람이었고, 착실하게 돈을 벌며 살아가는 그녀의 모습을 보고 괜찮은 사람이라고 생각해서 결혼까지 생각했다고 했다.

"그런데 돈을 요구하기 시작한 것은 1년 전쯤입니다."

"그건 알고 있어요. 확실히 그 부분에서는 보통 사기꾼들과는 좀 거리가 있기는 하네요. 일반적으로 사기꾼들은 편하게 살려고 하는 성향이 있지요. 이건 확실히 우리가 지금까지 감안하지 못한 부분이네요."

사기는 편하게 돈을 벌기 위해 저지르는, 지능형 범죄다.

"사기를 치는 놈들이 공장에서 열심히 일을 해서 돈을 번다? 그건 아니지요. 설사 일한다고 해도, 그 일에 대해 불만이 많고 제대로 하지 않을 겁니다."

어떻게든 크게 한탕 해서 이곳을 떠나겠다고 헛소리 찍찍하는 것이 사기꾼들의 특성이다.

"하지만 채영은의 주변 인물들의 진술은 다릅니다. 그녀는 그런 타입이 아니었어요."

"음……."

"그러면 그 돈은 어디로 갔을까요?"

노형진의 말에 고연미는 지그시 서류들을 바라보았다.

확실히 여러 가지 증거가 있고 또 그걸 해석하는 방법이 있기는 하지만 채영은이 그런 타입이 아니라는 것은 공통점이었다.

"그래서 그 돈을 누군가가 가지고 갔다고 생각하신 거예요?"

"네. 그 녀석이 주범일 겁니다. 동시에 채영은이 양다리를 걸친 상대 중 하나로만 알고 있었던 그 남자일 가능성이 높구요."

노형진의 말에 고연미의 눈이 커졌다.

그 말은 사건 자체가 뒤집어진다는 걸 의미했다.

"만일 그가 주범이라면 그가 살인을 저질렀을 수도 있겠네요?"

"그렇지요."

"하지만 왜요?"

"성준식 씨의 진술을 보면 알 수 있습니다."

마지막 날 채영은은 성준식을 찾아왔다.

그리고 미안하다고, 자신을 다시 받아 달라고 빌었다고 했다.

"성준식은 차마 다시 받아 줄 자신이 없어서 거절하고 그곳을 떠났다고 했지요?"

"네."

"그 말이 사실이라고 생각해 봅시다."

성준식은 여전히 채영은에 대한 감정이 있었다. 하지만 배신감이 더 크기 때문에 채영은을 떠났다.

"채영은 입장에서는 갈 곳이 없어진 거지요. 정확하게 말하면, 주범에게서도 버림받았다고 볼 수 있습니다."

"주범에게 버림받았다? 그거야 이런 사건에서 흔하잖아요."

좋게 표현하면 어장 관리, 나쁘게 표현하면 양다리다.

여러 사람을 만나다가 결혼 직전에 가서야 쳐 내는 인간들은 한두 명이 아니다.

그래도 그건, 배신은 해도 돈은 뜯어 가지 않는다.

"하지만 채영은 입장에서 돈을 줘야 하는 상대방이라면 어떨까요?"

"아니, 미치지 않고서야 누가 그런 남자를 만나요?"

노형진은 고연미의 말에 피식 웃었다.

"생각보다 그런 남자들 많습니다. 성준식은 채영은을 믿고 돈을 줬습니다. 반대의 경우도 가능하지 않을까요?"

"음?"

"채영은이 그를 믿고 돈을 주기로 했다, 하지만 그녀는 그 정도 돈을 구할 방법이 없었다. 그러면 과연 어디서 그 돈을 구할 수 있을까요?"

성준식은 능력이 되는 사람이다.

그런 사람이니 돈을 달라고 하면 줄 수도 있다.

실제로 그 돈은 성준식이 결혼을 위해 모아 둔 돈이었다.

"그러니까 누군가가 채영은을 이용해서 그 돈을 빼돌렸다?"

"그럴 가능성이 높습니다."

이중 함정. 채영은은 누군가를 위해 자신의 전 연인을 속인 것이다.

"그리고 그 돈을 빼앗긴 거지요."

"하지만 누가 그녀를 죽여요?"

"그 다른 남자요. 만일 채영은이 그 남자에게 버림받았다고 하면 어떻게 될까요?"

"으음…… 아, 그렇겠네요. 채영은이 성준식을 찾아간 이유가 되는군요."

채영은을 어찌 되었건 사랑해 준 것은 성준식이다.

그리고 만일 채영은이 돈을 준 누군가가 그녀를 버렸다면 성준식에게 돌아가려고 했을 가능성도 분명 존재한다.

1억이 넘는 돈을 그냥 준 남자다.

그만큼 사랑해 주는 사람은 없을 것이라고 생각했을 수도 있다.

"성준식의 말에 따르면 채영은은 그날 돈은 어떻게 해서든 갚겠다고, 그러니 자신만 받아 달라고 했다고 했지요."

물론 그걸 입증할 만한 증거 같은 건 없다.

오로지 성준식의 진술이고 검찰은 그걸 살인자의 거짓말로 생각했다.

"하지만 그게 사실이라면 상황이 좀 달라지지요."

"어째서요?"

"채영은은 성준식에게 사기를 통해 돈을 빼앗았습니다. 그런데 그걸 제삼자에게 줬다면 문제가 되지요."

쉽게 말해서 그 제삼자는 성준식과 아무런 관련이 없기 때문에 그 돈을 성준식에게 돌려줄 이유가 없다.

"하지만 채영은 역시 속아서 당한 거라고 한다면요?"

"음…… 그러면……."

고연미는 잠깐 고민하다가 상황을 알아차렸다.

"만일 채영은이 성준식에게 돌아간다고 하면 그에 대해 말할 가능성이 크군요."

"그렇지요. 그리고 채영은은 그를 고소할 겁니다. 똑같이 혼인 빙자 사기로요."

설사 성준식이 받아 주지 않는다고 해도 채영은이 그에게 버려진 게 사실이라면 채영은이 혼인 빙자 사기로 고소할 가능성은 아주 높다.

"그러면 그 제삼자가?"

"범인일 가능성이 높습니다."

바람피운다는 것. 그건 생각보다 심각한 문제다.

그러나 결혼한 사이도 아니고, 형법적으로 처벌하는 것은 불가능하다.

"하지만 민사를 통해 손해배상을 청구할 수는 있지요."

"확실히 그렇겠네요."

"그리고 개인적인 생각입니다만, 채영은에게 돈을 받아 간 사람은 아마도 법에 대해 좀 알고 있는 사람일 가능성이 높습니다."

"네?"

노형진의 말에 고연미는 고개를 갸웃했다.

"어째서요?"

"채영은은 평범한 사람이었습니다. 딱히 사기꾼 기질은 없지요."

"그런데요?"

"그러면 그 돈을 보낼 때 어떻게 하려 했을까요?"

"그건…… 아, 그러네요. 계좌 이체."

당연히 돈을 보낼 때 계좌 이체를 쓰려 했을 것이다.

그게 더 편하고 더 안전하며 더 정확하니까.

"그런데 매번 현금으로 찾아다가 꺼내서 줬지요. 그게 무슨 의미일까요?"

"상대방이 현금을 요구한 거군요."

"네."

현금으로 주면 줬다는 흔적이 남지 않는다.

그래서 정확한 채권증서가 없는 상황이라면 돈을 돌려받거나 사기로 고발하지도 못한다.

"그리고 그 정도 돈을 가지고 갈 녀석이라면 사기꾼 기질이 강할 겁니다."

노형진의 말에 고연미는 대충 상황이 이해가 갔다.

"채영은은 그 제삼자를 위해 성준식을 속이고 돈을 받아서 헌납했다?"

"그렇게 보면 모든 상황이 맞아떨어지지요."

본질적으로 살인이기는 하지만 그와 동시에 사기가 엮인

것이다.

검찰이 살인만 보는 것과는 다르게 말이다.

"그래도 여전히 이해가 안 가는 게 있어요. 사람이 그렇게 쉽게 속나요?"

노형진은 머리를 긁적거렸다.

"사랑에 눈이 멀면 뭔들 보이겠습니까? 사기꾼들은 감언이설에 능하지요. 당연히 사람들이 좋아하는 달달한 말을 잘할 겁니다."

그러니 속이는 건 일도 아니다.

"하긴 그런 사기가 엄청 많기는 하지요."

고연미는 이해가 간다는 듯 말했다.

사랑이라는 콩깍지가 씌워지면 대부분의 사람들은 주변을 보지 못한다.

"그러면 그 사람이 누군지 어떻게 찾지요?"

"간단하지요. 전화를 해 보면 됩니다."

"하지만 핸드폰은 박살이 났잖아요?"

"그렇지만 발신 번호는 찾아낼 수 있지요."

모든 번호는 다 핸드폰 회사에 저장되니까.

"그 사기꾼이 누군지 한번 찾아보도록 하지요, 후후후."

사람은 고쳐 쓰는 거 아니다

　노형진은 법원을 통해 발신 전화번호를 알아냈다.

　검찰은 처음부터 성준식을 아예 범인으로 생각해서인지 기본적인 절차조차도 거치지 않았기에 그걸 따로 신청해야 했다.

　그리고 거기에 나와 있는 번호로 계속 전화를 했다.

　대부분의 전화번호는 전화를 받았다.

　누군가는 사건에 대해 알았고, 누군가는 사건에 대해 모르고 있다가 놀랐다.

　"그런데 이 번호는 상당히 수상하군요."

　"그러게요."

　분명히 기록상으로는 자주 통화가 이루어졌다.

이 정도면 충분히 연인이라고 볼 만한 여지가 있는 번호다.

"하지만 없는 번호라……."

살인 사건이 터진 지 좀 되기는 했지만 그사이에 번호가 사라진다? 이건 좀 이상하다.

"번호를 바꾼 걸까요?"

"그건 아닐 겁니다. 번호를 바꿔도 요즘에는 어지간하면 자동 연결을 신청해 두니까요."

과거의 전화번호로 전화해도 새로운 전화번호로 가도록 연결하는 것은 어려운 일이 아니다.

그건 신청하면 전화국에서 어렵지 않게 해 준다.

"그런데 그 몇 달 사이에 아예 연결이 안 될 리가 없지요."

"그러면 이 사람이 그 사기꾼일 가능성이 높겠군요."

"네. 아마 경찰이 번호를 추적할 거라 생각했을 겁니다."

그러면 당연히 그 번호를 바꿔야 한다.

"도대체 어디에 가 있는지가 문제네요."

"그게 문제군요."

노형진은 눈을 찌푸렸다.

"누구인지 찾는 게 쉽지 않겠어요."

다행히 해당 핸드폰 번호에 대한 조사는 어렵지 않았다.

그리고 그 결과가 나왔을 때, 노형진은 자신이 생각한 방향이 맞다는 것을 확신할 수 있었다.

"선불폰이군요. 소유자는 룽 웬이라는 중국인이고."

"중국인과 사귄 걸까요?"

"그럴 리가 있겠습니까?"

중국인과 사귀지 말라는 법은 없다.

하지만 외국인에게 섣불리 돈을 모조리 주는 사람은 없다. 설사 사랑한다고 해도 말이다.

그리고 중국인이라고 해서 선불폰만 쓰라는 법은 없다.

핸드폰 회사에 가면 충분히 일반 폰을 개통할 수 있다.

사실 선불폰은 여러모로 불편하다.

요금이 싼 것도 아니고 인터넷은 쓰기도 힘들다.

결국 인터넷까지 쓰는 점을 감안하면 무조건 일반 폰을 사야 한다는 소리다.

"그런데 한국에서 인터넷 없이 산다는 게 말이나 된다고 생각하십니까?"

"하긴 그러네요."

고연미는 대답을 하며 고개를 끄덕거렸다.

나이가 많은 사람이 아니고서야 인터넷은 기본 중의 기본이니까.

"남은 건 하나뿐이군요 대포폰이니까요."

차명으로 만들어진 선불폰.

선불폰을 만들 때는 명의가 필요하지만 그 이후에 충전하는 것은 명의가 필요 없다.

그냥 선불금만 내면 된다.

"그러니 사기에 쓰기에는 충분하지요."

이로써 노형진이 예상하던 부분이 정확하게 맞아떨어졌다.

"하지만 그가 누군지 알 수가 없잖아요? 매일같이 찾아온 것 같지는 않고."

주변 사람들은 마지막까지 채영은의 남자 친구는 성준식이라고 생각하고 있었다.

즉, 그 제삼자는 거의 모습을 드러내지 않은 것이다.

그러니 그를 추적하는 것은 쉽지 않을 것이다.

"아니요. 생각보다 어렵지는 않을 겁니다."

"네?"

"제 생각에, 그놈은 분명 전과가 있는 놈일 겁니다. 초범치고는 너무 치밀하거든요."

자신을 드러내지 않고 대포폰을 쓰고 주변에서 그의 존재를 몰랐다.

"그런데 채영은이 몰랐다고요?"

"모를 수도 있지요. 바쁘다는 핑계를 댔다면요."

"네?"

"혼인 빙자 사기의 기본은 자신을 대단한 사람으로 꾸미는 데에서 시작됩니다. 그러니까 자신이 얼마나 잘난 사람인지 보여 주기 위해 꾸미고, 자신을 도와주면 그 과실을 같이 나누겠다는 꼬드김으로 시작되지요."

노형진은 그렇게 말하면서 성준식의 사진을 들었다.

"그런데 성준식은 나름 사회적으로 성공한 사람입니다. 아무리 결혼 자금을 다 털었다고 하지만 채영은에게 1억 이상의 현금을 제공했으니까요. 그 말은, 이 사기꾼은 그 이상으로 자신을 포장했다는 거지요."

"그 이상으로 포장했다라……."

고연미는 턱을 스윽 문질렀다. 그리고 대충 이해가 간다는 표정이 되었다.

전형적인 혼인 빙자 사기꾼들의 방식.

"그리고 그걸 위해 자신의 서류나 신분증도 위조했을 겁니다. 단순히 입으로만 떠들어 대지 않았을 테니까요."

"그러면 전과가 있는 놈들을 찾아보면 되겠네요?"

"그리고 어떤 방식으로든 채영은에게 진짜 신분이 발각되었을 가능성이 높습니다."

"네? 그게 무슨 말이지요?"

"살인과 사기는 전혀 다릅니다."

사기를 치는 놈이 범죄자이고 범법자인 것은 사실이다.

하지만 살인이나 폭행과는 전혀 다르다.

"폭행을 하는 놈이 살인을 할 수는 있어요. 하지만 사기를 치는 놈이 살인하는 건 전혀 다른 문제지요."

범죄의 스타일이 달라지며 또한 그 충격 역시 다르니까.

"지금 우리는 그 녀석을 찾지 못하고 있습니다. 핸드폰도 가짜이고, 아마 채영은이 알던 모든 것이 가짜일 겁니다."

혼인 빙자 사기의 경우 그렇게 모든 것을 거짓으로 꾸며 사기를 치고 잠수하는 경우가 많다.

"하지만 이번에는 살인까지 불사했습니다. 어째서일까요?"

"상대방이 진짜 신분을 알고 있다고 생각한 거군요."

"네."

그래서 도망갈 수 없게 될 거라고 생각했을 것이다.

"반대로 말하면 그 신분을 경찰이 알고 있을 가능성도 높지요."

즉, 전과가 많아서 가중처벌 될 가능성도 존재한다는 것이다.

"어쩌면 찾는 게 쉬울지도 모르겠네요."

"혼인 빙자 사기꾼이 아주 많은 것은 아니니까요. 곧 진범을 찾을 수 있을 겁니다."

⚖

노형진은 오광훈에게 혼인 빙자 사기꾼들의 명단을 가져다 달라고 했다.

거기에 몇몇 조건을 달았다.

일단 나이가 채영은과 맞을 것, 즉 20대 후반부터 30대 후

반일 것, 이 지역에 주소지를 두고 있지 않을 것 등이었다.

"이 지역에 주소지를 두지 않는 이유는 뭐야?"

"이런 사기꾼들은 피해자와 동선이 겹치는 걸 싫어해. 자칫 들켜서 고발당할 수 있으니까. 당연히 이 지역에 주소를 두지는 않을 거야."

아마도 생활하는 공간도 모텔을 빌려서 활동하거나 월세로 빌려서 전입신고를 하지 않는 방식으로 활동할 가능성이 높다.

"그러면 많지는 않은데."

노형진의 말에 오광훈은 바로 직원에게 확인하라고 지시했다.

그리고 얼마 지나지 않아서 그 서류가 도착했다.

"뭐야? 왜 이리 빨라?"

노형진은 이상한 표정으로 오광훈을 바라보았다.

미국 드라마에서 컴퓨터로 조건을 입력하면 바로 나오는 장면이 있지만, 애석하게도 그건 영화적 발상일 뿐이지 실제로 그렇게 나오지는 않는다.

그런데 지시를 내린 지 채 30분도 되지 않아서 자료가 나오다니?

"다른 스타 검사님께서 보내 주셨습니다. 관련 사건이 하나 있더군요. 스타일도 비슷하고 방식도 비슷하답니다. 일단은 다른 놈들도 확인해야겠지만요."

직원의 말에 오광훈은 그걸 받아서 스윽 살폈다.

"멀쩡하게 생겼는데 완전 개새끼네."

그러면서 사진을 이리저리 확인했다.

"흠, 이건 아무래도 들어 봐야겠는데?"

얼마 후 찾아온 사람은 홍보석이었다.

"홍 검사님이셨습니까? 그런데 제가 추적하는 건 어떻게 알고요?"

홍보석은 여성 스타 검사로 새론의 푸시를 받고 있었다.

하지만 이번 사건과는 전혀 관련이 없었다.

그런데 스스로 자료를 줄 줄은 몰랐다.

"저도 이번 사건이 이상하다는 소문은 들어서요. 그런데 형태를 보아하니 제가 담당한 사건과 비슷, 아니 거의 비슷하더군요. 살인이라는 부분은 빼고요."

그녀는 오광훈의 앞에 자리 잡고 앉으며 말했다.

"오랜만이에요, 오 검사님."

"아, 네……."

오광훈은 슬쩍 시선을 피했다.

"왜?"

노형진은 오광훈을 보면서 슬쩍 물었다. 시선을 보아하니 홍보석이 오광훈을 좋아하는 것 같지는 않은데 말이다.

"아니 그게, 홍 검사랑 있으면 밑천이 드러나는 느낌이라서……."

"아아아."

오광훈은 조폭이었다가 갑자기 검사가 되었다.

그에 반해 홍보석은 타고난 검사다.

그러니 같이 있으면 법률적 밑천이 드러날 수밖에 없다.

"확실히 비슷하다 못해서 똑같군요."

이름은 이온수. 자신을 사업가라고 주장했으며 영어에 능통하고, 현금으로 돈을 받았다고 한다.

"물론 이온수라는 이름도 가짜입니다. 정체가 드러난 후에 도망쳐 버렸거든요."

"이 사진은요?"

"사진을 너무 꺼려서 여자 친구, 아니 피해자가 몰래 찍은 거랍니다."

"어쩐지 화질이 아주 좋지는 않은 것 같군요."

"멀리서 최대한 줌을 당겨서 찍은 거니까요."

아이스크림을 사러 간다고 공원에서 좀 떨어졌다가 멀리 숨어서 핸드폰 카메라로 최대한 줌을 당겨 찍은 사진이다 보니 화질이 썩 좋지는 않았지만 못 알아볼 정도는 아니었다.

"그런데 왜 의심을 한 거랍니까?"

"다른 여자랑 있는 걸 발견했답니다."

"다른 여자랑 있는 거요?"

"네. 어이가 없어서 여자랑 싸웠다고 하더군요."

"설마?"

노형진은 눈을 찌푸렸다. 혹시나 하는 마음이 든 것이다.

채영은이 누군지 모르는 그 사기꾼의 신분을 알게 된 이유가 뭘까 하는 의심을 했으니까.

"혹시나 해서 피해자인 채영은의 사진을 보여 줬습니다. 그런데 자기와 싸운 사람이 맞다고 하더군요."

노형진은 그제야 상황이 이해가 갔다.

채영은은 홍보석의 피해자와 만나서 싸웠고, 그래서 의심이 싹튼 것이다.

"채영은이 개인적으로 그 사람을 추적했을 가능성이 높군요."

"아마도요."

그래서 그에 대해 알아냈을 테고, 그 사건 이후에 당한 것이다.

"그러면 답은 나왔네."

오광훈이 눈을 반짝였다.

"채영은의 움직임을 추적해 보면 그 녀석을 잡을 수 있지 않을까?"

"그럴 거야. 채영은은 돈이 많은 사람이 아니었으니까."

결국 직접 그 사람을 추적하는 수밖에 없었을 것이다.

"그리고 그녀는 카드를 쓰는 데 거리낌이 없었을 테니 자신의 카드를 이용했겠지. 그 기록을 이용하면 추적할 수 있을 거야."

"하지만 그 시기가 문제가 아닐까요? 언제 추적했는지 알

수가 없잖아요."

홍보석은 고개를 갸웃하면서 물었다.

정확한 기간을 알아야 추적할 수 있으니까.

"알 수가 있지요."

노형진은 씩 웃었다.

"채영은 씨는 직장인이니까요. 휴가를 냈을 겁니다."

그리고 자신 있게 말했다.

"그 휴가 기간이 아마 추적한 기간일 겁니다, 후후후."

⚖️

회사에 휴가 기간을 확인하는 것은 어려운 일은 아니었다.

영장이 없어도 회사에 전화해서 사건 관련해서 자료를 달라고 하면 보통은 주는 편이니까.

그리고 휴가 기간은 그녀가 살해당하기 보름 전 정도였다.

사흘간 휴가를 냈는데, 휴가 이후에 제대로 일도 안 하고 반쯤 혼이 나가 있었다고 했다.

"당연하게도 피해자에 관해 검사가 조사하지는 않았고 말이지."

노형진은 회사 측의 이야기를 들으면서 씁쓸하게 말했다.

만일 그녀의 행적을 조사했다면 다른 가해자의 가능성을 알았을 텐데, 검찰은 그건 전혀 조사하지 않았던 것이다.

"카드 기록을 보면 이 지역을 주로 돌아다닌 듯해요."

택시를 타고 약간의 음료수를 사는 정도가 다였다.

확실히 이 지역은 그녀의 생활 반경에서는 완전히 벗어난 지점이었다.

"이쪽은 저희 피해자의 생활 반경에서도 벗어나네요."

"그러면 다른 피해자가 있을 가능성도 있다는 소리군요."

노형진은 그렇게 말하면서 주변을 둘러봤다.

"그리고 택시 운전기사의 말도 이상하고요."

택시 이용 내역을 확인하고 해당 운전자를 만났을 때, 그는 채영은이 앞차를 따라가 달라고 했다고 기억했다.

대놓고 누군가를 따라다닌 것이다.

"다만 그 차가 어떤 건지 몰라서 문제지요."

차량 종류는 기억하지만 차량 번호는 기억하지 못했다.

블랙박스도 시간이 지나서 삭제되었고.

"하지만 이 근처에서 활동한 건 사실이에요."

"이미 여기를 뜬 것 아닐까요?"

"그랬을 가능성이 크죠."

노형진은 고개를 끄덕거렸다.

놈이 얼마나 큰 사기를 쳤는지 알 수는 없지만 한 가지는 확실했다.

살인까지 저지른 놈이 여기서 계속 사기를 칠 가능성은 낮다는 것.

"그래도 확인할 수 있는 데까지 해 봐야지요."

노형진은 주변을 돌아다니며 사진을 보여 주면서 놈의 존재를 아는 사람을 찾았다.

그리고 얼마 지나지 않아서 그를 아는 사람을 찾았다.

"이거 1204호 아저씨네."

"아십니까?"

"얼마 전에 이사 갔어요."

오피스텔에서 살았다는 말에 노형진은 눈을 반짝거렸다.

"뭐 하던 사람인가요?"

"그거야 모르지요. 여기 사는 사람이 한두 명도 아니고. 하지만 다급하게 이사를 가더군요. 월세 기간도 안 끝났는데 말이지요."

"혹시 집주인을 만나 볼 수 있을까요?"

"그건 사무소에 물어봐야 하는데."

"살인 사건 조사 때문에 그럽니다."

경비는 움찔했고, 바로 관리 사무소를 통해 오피스텔의 주인과 연결해 줬다.

그에게 받은 개인 정보는 예상대로 가짜였다.

"신분증도, 재직 증명서도, 심지어 주민등록등본도 가짜네요."

"인터넷을 통하면 가짜 서류를 만드는 건 어려운 일이 아니니까요."

고연미는 눈을 찡그리며 말했다.

단돈 50만 원이면 이 정도 서류는 만들 수 있다.

물론 그 인맥을 알고 있는 사기꾼들의 기준이지만, 사기꾼에게 그 정도 인맥이 없겠는가?

"그러면 이상하군요. 그가 왜 살인까지 불사했을까요?"

모든 게 다 사기다.

그런 상황이라면, 당연하게도 걸리면 튀면 그만이다. 신고를 해도 추적할 만한 게 없으니까.

"잠깐……."

문득 노형진의 머릿속에 스치고 지나가는 게 있었다.

"혹시나 해서 말인데요, 여기에 우편물 온 거 있습니까?"

"우편물요? 딱히 없는데요."

"그러면 찾아온 사람은?"

사기꾼이 바보가 아닌 이상에야 이 주소지로 우편물을 받도록 설정을 해 두었을 리가 없다.

그러면 신분이 드러날 수도 있으니까.

"아! 찾아온 사람은 한 명 있어요! 어떤 노인분이셨는데……."

"노인?"

"네. 어머니 같더라고요."

"빙고."

부모와 자식의 연은 끊을 수가 없다.

부모가 자식을 보러 서울까지 왔는데 집에 들여보내 주지 않는 사람은 없다.

"그 시기가?"

"한두 달쯤 되었죠?"

시기로 보면 대충 그녀가 이곳을 감시할 때쯤이다.

"부모님을 만났다면······."

상황이 대충 그려진다.

부모님 입장에서는 자식이 사기꾼이라고는 생각도 못 할 테니, 그런 상황에서는 자기 아들 여자 친구라고 잘 대해 주었을 것이다.

"어쩌면 부모님의 연락처 같은 걸 받았을 수도 있겠군요."

그리고 범인은 그걸 알았을 것이다.

"부모님 연락처를 받았다면 자신의 신분이 드러난 거니까······."

가해자는 어쩔 수 없이 코가 꿰이는 것이다.

"하지만 그 부모님이 누군지 알고요?"

"아마도 핸드폰 번호에 기록이 있지 않을까요?"

요즘 연락처를 주는 가장 확실한 방법은 자신의 핸드폰으로 상대방 핸드폰에 전화를 거는 것이다.

그러면 발신 번호가 뜨니까.

"그 번호를 추적하면 될 것 같습니다."

노형진은 눈을 반짝이며 말했다.

보통 한 번 정도 이루어진 단발성의 통화나 통화 시간이 짧은 번호는 조사를 할 때 그냥 넘어가는 경우가 많다.

　스팸 번호도 많고 잘못 걸려 오는 번호도 많으니까.

　그래서 이번에도 그랬다.

　하지만 노형진은 그런 번호를 골랐다.

　기간도 한정되어 있고 또 요즘 그런 번호가 많은 것도 아니기에 그 기록을 찾는 것은 어려운 일이 아니었다.

　"이 번호군요."

　노형진은 번호 하나를 찾을 수 있었다.

　발신 시간은 대략 12초 정도.

　그러니까 상대방이 전화를 받기도 전에 끊었다는 소리다.

　그래도 딱 한 번의 통화다. 무심하게 넘어갈 수 있는 자료지만……

　"확인해 보니 조하진이라는 분의 전화번호네요. 나이는 65세구요."

　"여성분이군요."

　"네."

　고연미는 어렵지 않게 그 번호의 주인을 찾을 수 있었다.

　그다음에는 일사천리였다.

　"조하진에게는 아들이 하나 있어요. 장구식이라고 하고요."

혼인 빙자 사기 전과 2범으로, 한 번은 집행유예, 한 번은 징역 6개월이었다고 한다.

"잘하는 짓이다."

오광훈은 혀를 끌끌 찼다. 사기꾼에게 고작 징역 6개월이라니.

"그 당시에는 피해 금액이 크지 않았거든요. 총 3천만 원 정도였으니까."

"그게 큰 게 아니야?"

"그쯤은 뇌물로 받는 판사들에게는 그다지 큰돈도 아니지."

노형진은 피식 웃으며 말했다.

"거의 다 추적한 것 같군요."

"하지만 그 당시에 그 녀석이 거기에 있다는 걸 증명하는 게 문제예요."

고연미는 심각한 얼굴로 말했다.

지금까지 고연미는 그를 계속 추적해 왔다.

하지만 그를 잡지 못했다.

가까이 접근한 것은 사실이나, 그렇다고 해서 그가 거기에 있었으며 살인까지 했다는 증거는 없었다.

"만일 제가 그를 잡고 살인의 자백을 받아 낸다면 사건은 쉽게 해결되겠지요. 성준식 씨도 풀려날 테고요. 하지만 그게 쉽지만은 않아요. 아실 테지만요."

"바보가 아닌 이상에야 그걸 자백할 리가 없지요."

어디 그뿐인가, 거기에 있었다는 걸 증명하는 것도 쉽지 않을 것이다.

"가지고 있는 핸드폰을 빼앗아서 위치 추적을 하면 될지도 모르지만."

하지만 그건 어디까지나 장구식이 거기에 있었다는 증명일 뿐이지 채영은을 살인했다는 증거는 아니다.

"애초에 채영은과 사귀었다는 증거도 전혀 없으니까요."

홍보석은 곤란한 듯 말했다.

그녀가 담당한 사건은 처리할 수 있다.

하지만 채영은에 관해서는 관련 증거가 하나도 없다.

"홍 검사님이 담당하는 그분이 증언을 해 주시는 것도 방법이지요."

"과연 하려고 할까요? 아실지 모르겠지만 여자들은 그런 증언을 하려고 하지 않아요. 공포감 때문에요. 더군다나 살인 사건이잖아요."

살인 사건이다.

그런 만큼 자신에게 해코지가 올 가능성도 생각하지 않을 수 없을 것이다.

"반대로 생각하면 이미 위험을 감수한 상황이지요."

"네?"

"생각해 보세요. 누구나 처음은 어렵습니다. 하지만 두 번째는 쉽지요."

홍보석은 살짝 눈을 찡그렸다.

"장구식이 이미 그쪽 피해자의 연락처와 주소까지 다 알고 있지 않습니까?"

"그건 그런데……."

"똑같은 피해자이지요. 그리고 한 명은 죽었습니다. 그러면 다른 한 명에 대해 보통 어떻게 할 거라고 생각할까요?"

"그쪽도 죽일 가능성이 크다고 생각하겠군요."

"그러면 남은 한 명의 안전을 확보할 가장 확실한 방법은 뭘까요?"

바로 장구식을 감옥에 최대한 오래 가두어 두는 것이다.

그래야 자신이 안전해진다.

"음……그런 쪽으로 설득하면 될 것 같기는 하네요."

"단순한 설득만으로는 부족합니다."

"그러면요?"

"현실적으로 장구식이 그렇게 행동할 거라고 말해야 합니다."

"네에?"

홍보석은 눈이 커졌고 오광훈은 코웃음을 쳤다.

"뻔한 거 아닙니까? 감방에 가기 싫어서 살인까지 했는데, 또 다른 고발이 들어가면 또 똑같이 하겠지. 아니, 더하겠지요. 조사하다 보면 살인이 같이 나올 수도 있겠는데?"

오광훈의 말에 노형진은 고개를 끄덕거렸다.

"장구식은 이미 막나가는 상황입니다."

왜 죽였는지는 알 수가 없다.

하지만 이미 살인을 했고 또 시신을 유기했다.

성준식이 죄를 뒤집어썼다고 하지만, 그것으로 그의 불안감이 사라지는 것은 아니다.

"도리어 이미 한번 살인을 한 이상 그걸 감추기 위해서라도 살인을 더 할 가능성이 높습니다."

홍보석은 잠깐 고민했다. 그리고 고개를 끄덕거렸다.

"알겠습니다. 일단 노 변호사님과 한번 만나서 이야기를 들어 보자고 제가 잘 말해 볼게요."

"부탁드립니다. 잘만 한다면 어쩌면 장구식을 아예 이 세상에서 쫓아낼 수도 있을 겁니다."

홍보석이 담당하는 사건의 피해자는 권보람이라는 이름의 아가씨였다.

그녀가 장구식에게 빼앗긴 돈은 3천만 원. 절대 작은 돈이 아니다.

그런데 그 돈도 돈이지만, 그녀가 겁을 먹은 건 장구식이 살인범이라는 것이었다.

"확실해요? 진짜예요? 진짜로 그 여자가 죽었어요?"

"네. 현재 성준식 씨가 살인범으로 기소되었지만 현실적으로 보면 장구식이 살인범일 가능성이 높습니다."

"그, 그럴 리가……."

"그는 이미 혼인 빙자 사기로 감옥에 갔다 온 적이 있는 사람입니다. 아마도 피해자인 채영은 씨가 자신에 대해 알아차리자 죽였을 가능성이 큽니다. 그리고……."

노형진은 말을 하다가 잠깐 멈췄다.

때로는 사람들에게 상상력을 자극하는 것이 더 공포감을 자아낸다.

"그에 대해 아는 사람이 한 명 더 있지요."

권보람은 부들부들 떨었다.

사랑했던 사람이, 아니 사랑했다고 생각한 사람이 살인범이라니.

"현재로써는 그가 왜 살인까지 갔는지는 모릅니다. 그러나 현 상황에서 다음 표적은 권보람 씨일 가능성이 높습니다."

"제, 제가 소송을 취하하면 안 될까요? 취하하면……."

"이미 그는 권보람 씨가 피해자라는 사실을 인식하고 있습니다. 죽여 버리는 게 가장 깔끔하지요. 물론 취하한다면 그쪽에서 모른 척 넘어갈 수도 있어요. 하지만 반대로 후환을 예방하자고 생각할 수도 있지요."

권보람은 입을 꾸욱 다물었다.

그런 그녀에게 노형진은 현실을 말해 줬다.

"참고로 말씀드리자면, 채영은 씨는 장구식과 어떠한 소송도 하지 않는 상황이었습니다."

즉, 모르는 척하는 것보다는 후환을 예방한다고 살인을 할 가능성이 더 높다는 소리다.

권보람은 입을 틀어막았다.

자신이 그렇게 살해당할 가능성이 높다는 것을 믿을 수가 없었다.

"그러면 그를 감옥에 넣으면요?"

"일단 사기에 살인까지 했던 놈입니다. 아주 오랫동안 감옥에 있을 겁니다. 당연하게도 그동안은 권보람 씨를 찾을 방법이 없지요."

권보람은 혼자 사는 여자다.

이사하는 것도, 핸드폰을 바꾸는 것도 어려운 일은 아니다.

"그리고 권보람 씨의 주민등록번호 같은 건 알지 못한다고 들었는데요?"

"그, 그건 그래요."

"그러면 추적에 한계가 있지요."

현 상황에서 그는 10년 이상 감옥에 있을 테니 그사이에 사는 곳을 옮기면 흔적은 거의 지워진다고 봐야 한다.

"그러니 이대로 밖에 나돌아 다니도록 두는 게 더 위험하다고 봐야 합니다."

권보람은 입술을 깨물었다.

두려웠다. 두려워서 미칠 것 같았다.

이것이법이다

하지만 아무리 생각해도 해결책은 하나뿐이었다.

"그러면 제가 어떻게 해야 하나요?"

"간단합니다. 그자의 부모님에게 전화를 한 번만 하시면 됩니다."

장구식의 부모님의 연락처를, 노형진은 안다.

그녀가 그 번호로 전화해서 당신 아들에 대해 할 말이 있다고 하면 분명히 부모는 장구식에게 전화를 할 것이다.

"그는 혼인 빙자 사기로 이미 감옥에 갔다 왔습니다. 여자에게서 전화가 왔다는 것 하나만으로도 부모는 장구식을 다그칠 수밖에 없지요."

"그, 그러면 절 죽이려고 할 거예요!"

"그래서 그때 잡으려고 하는 겁니다. 현실적으로 지금 장구식이 어디에 있는지는 저희도 모릅니다."

그는 살인 이후에 철저하게 자신의 모습을 감추고 있다.

물론 수배를 내리고 추적을 할 수는 있지만, 그러기에는 시간이 너무 오래 걸리고 그사이에 성준식의 재판이 끝날 가능성이 높다.

"그러면 그가 잡힌 후에 다시 재심을 신청하고 재판을 진행해야 하는데, 그 기간이 족히 1년은 걸릴 겁니다."

그럴 경우 성준식은 최소 1년은 감옥에 있어야 한다.

"그러느니 차라리 장구식을 살짝 자극해 모습을 드러내게 하는 게 훨씬 나은 선택이지요."

"그……건…….."

권보람은 입술을 깨물고 말을 하지 못했다.

그녀 자신이 미끼가 되어야 한다는 소리니까.

"차라리 그게 나을 겁니다. 이성적으로 본다면 말입니다."

"이성적으로 본다면요?"

"네. 그런 경우라면 장구식은 권보람 씨를 죽이려고 할 테고, 그건 명백하게 살인미수가 될 테니까요."

당연히 그의 형량은 더욱 길어질 수밖에 없고 그만큼 권보람은 안전해진다.

"그럼 제가 할 건……."

"아까도 말씀드렸다시피 전화 한 통이면 됩니다. 그 이후에는 안전한 곳에 숨어 계시면 됩니다."

권보람은 힘겹게 고개를 끄덕거렸다.

그녀의 생존 본능이 공포를 이겨 낸 것이다.

"전화할게요. 어디로 하면 될까요?"

⚖️

장구식은 부모에게서 전화를 받고 손톱을 깨물었다.

"이 개 같은 년이 어떻게 안 거지? 말도 안 돼. 그년이 알 리가 없는데! 둘이 짠 건가? 그래, 그랬던 거야. 그렇지 않으면 나에 대해 알아낼 수가 없었을 테니. 이 개 같은 년들!"

이것이 법이다

장구식은 흥분을 감출 수가 없었다.

자신의 인생이, 자신의 미래가 박살 나게 생겼으니까.

"젠장! 젠장!"

이대로라면 자신은 끝장이다.

죽는 순간까지 노역만 하다 갈 수는 없었다.

"그러면 방법은 하나뿐이야."

장구식은 이를 악물며 생각했다.

"그년이 어디로 가는지 어디로 움직이는지는 뻔하게 알고 있으니까."

그는 그렇게 중얼거리면서 자신의 손을 내려다보았다.

손이 덜덜 떨렸다.

그가 했던 그날 밤의 행동.

"내가 잘못한 게 아니야. 그년들이 나쁜 거야. 그년들이 나쁜 거라고!"

그는 필사적으로 자기 합리화를 하면서 이를 악물고 자동차로 향했다. 그리고 다급하게 차를 몰고 어디론가 향했다.

⚖

"맞군."

권보람이 사는 오피스텔.

그곳 주변을 서성거리는 장구식을 발견하는 것은 어렵지

않았다.

그는 자신을 감출 생각도 하지 못한 채 배회하고 있었다.

"확실히 우리 작전이 먹힌 것 같네요."

고개를 끄덕거리는 홍보석.

"체포만 할 수 있다면 될 것 같은데요. 당장 가서 체포할까요?"

그 말에 노형진은 고개를 흔들었다.

"그러면 저 녀석에게 뒤집어씌울 수 있는 죄가 사라집니다. 저 녀석이 권보람 씨의 오피스텔로 들어갈 수 있게 도와줘야 합니다."

"네? 어떻게요?"

"권보람 씨 이야기로는, 장구식이 오피스텔 비밀번호를 안다고 하더군요."

"그건 그래요."

"그러니 그가 그곳에 들어가 있을 때 덮치지요."

"그러면 좋기는 한데, 안 들어가는데?"

오광훈은 주변에서 알짱거리는 장구식을 가리키면서 말했다.

그는 주변을 돌아다니기만 할 뿐, 절대 오피스텔 주변으로는 접근하지 않았다.

"당연하지. 요즘 오피스텔에 CCTV 없는 곳이 어디 있어?"

그곳에 들어가서 살인을 하면 무조건 그가 범인으로 지목된다.

그러니 들어가고 싶어도 들어가지 못하는 것이다.

"그러면 어쩌지요?"

"입구에다가 CCTV 수리 중이라고 써 놔야 하나?"

"바보냐?"

노형진은 오광훈의 말에 눈을 찌푸렸다.

"어떤 미친놈이 그걸 수리한다고 알려 줘? 범죄 예방이 목적인데."

"그러면?"

"보통 저런 지능형 사기꾼들은 자기가 머리가 좋다고 생각해. 그러니까 놈이 이해할 수 있는 정보를 흘리면 되는 거지."

"어떻게?"

"이렇게."

노형진은 어디론가 전화를 했다.

그리고 한 시간쯤 지나자 봉고 한 대가 와서는 입구에 주차했다.

"저건?"

"보다시피 CCTV 수리 업체 차량이지."

차에 붙어 있는 CCTV 수리 보수 전문 업체라는 광고.

누가 봐도 관련 업체의 차량이었다.

"아하!"

홍보석은 눈을 크게 떴다.

이윽고 차 문이 열리더니 사람들이 장비를 가지고 내려서 경비원과 이야기하는 게 보였다.

이어 업자들이 경비원을 따라 지하로 내려가는 것이 보였다.

"저런 행동은 장구식에게도 다 보이지."

아나나 다를까, 장구식은 좀 떨어진 곳에서 보고 있다가 침을 꿀꺽 삼키더니 슬슬 눈치를 보면서 다급하게 오피스텔로 접근하기 시작했다.

"들어 볼래?"

노형진은 씩 웃으면서 무전기를 눌러 그쪽에서 오가는 대화를 두 사람에게 들려줬다.

-보여요, 안 보여요? 2층은? 3층은? 다 죽었어? 망했네. 이거 회선이 나간 것 같은데. 고치려면 하루 가지고는 안 되겠는데?

"뭐야, 이거?"

"입구에 있는 CCTV에 배치한 직원."

그는 장구식이 다가오면 해당 대사를 하도록 시켜 둔 상태였다.

"그러면 장구식은 어떻게 행동하겠어?"

"안으로 들어가겠네. 헐, 너 진짜 머리 좋다."

안에서 살인하면 사건을 은폐하기 쉽다. 현재 CCTV도 없으니까.

"역시나 들어가네요."

물론 CCTV는 멀쩡하게 작동하고 있었기에 장구식이 안으로 들어가는 것이 빤히 보였다.

"아마도 안에서 해결하고 싶겠지요."

"하지만 권보람 씨는 거기로 갈 일이 없지요."

노형진은 그렇게 말하면서 자리에서 일어났다.

"갑시다. 사건을 정리해야지요."

⚖️

노형진과 오광훈 그리고 홍보석이 내려갔을 때 그들에게 다가온 것은 한 무리의 사람들이었다.

그중에는 수사관들도 있었지만 호리호리한 체형의 남자도 있었다.

"헐?"

그는 방검복을 입은 상태에서 잠바를 걸치고 있었다.

거기에다가 긴 머리 가발을 쓰고 마스크를 쓰고 모자까지 써서, 얼핏 보기에는 여자 같았다.

"이분이 가장 먼저 들어가면서 공격을 받아 낼 겁니다."

"안전하겠어?"

"안전하지."

남자는 피식 웃었다.

"격투기 경험만 20년입니다. 기습이라면 모를까, 덤빌 거 뻔히 알면서도 가만히 당하지는 않습니다."

그러면서 그는 가슴을 탕탕 두들겼다.

"거기에다가 방검복까지 입고 있고요."

살인이 목적이라면 가장 가능성이 높은 것은 칼이다.

그러니 방검복을 입고 있는 것이다.

"다른 방식은 상대방에게 바로 타격을 주지는 못하지."

설사 그가 방어에 실패한다 해도 복도에 사람들이 몰려 있으니 당연히 장구식을 제압하는 것은 어려운 일이 아니다.

"그러니 걱정하지 말고 올라가자고."

노형진은 사람들과 함께 우르르 올라갔다.

텅 비어 있는 복도. 그곳을 지나, 남자는 집 앞에 섰다.

그리고 고개를 끄덕거리고는 번호 키를 누르고 문을 열고는 천천히 어둠 속으로 들어갔다.

"쉿, 조용."

노형진은 그렇게 말하면서 가만히 몸을 벽에 붙였다.

어느 순간 안쪽에서 '쾅!' 하는 소리가 들려왔다.

"지금이다!"

노형진과 사람들은 안쪽으로 뛰어들어 갔다.

불을 켜자 보인 것은 바닥에 쓰러진 장구식과 그를 제압하고 있는 남자였다.

"뭐야? 뭐야! 썅!"

장구식은 당황해서 벗어나기 위해 몸부림쳤지만 아무리 몸부림친다고 해도 수십 년간 격투기를 해 온 사람의 구속에서 벗어날 수는 없었다.

이것이 법이다

"장구식, 널……."

다가가려던 오광훈은 순간 멈칫하면서 씩 웃었다.

"레이디 퍼스트."

"어이구?"

노형진은 어이가 없어서 헛웃음이 나왔다.

그러나 홍보석은 그게 무슨 의미인지 알아차렸는지 수갑을 꺼내며 다가왔다.

확실히 오광훈은 이번 사건을 담당하는 게 아니니까.

"장구식, 널 채영은 살인과 권보람 살인미수로 체포한다."

"아…… 안 돼! 그럴 수는 없어! 놔! 놓으라고!"

"네가 한 말은 법정에서 불리하게 사용될 수 있으며 넌 변호사를 선임할 권리가 있다."

미란다원칙을 고지하는 홍보석.

하지만 장구식은 그걸 듣는 대신에 몸부림을 쳤다.

물론 그런다고 풀어 줄 건 아니지만.

"아무리 몸부림쳐도 안 풀어 준다니까. 얼른 가자, 얼른."

오광훈은 히죽 웃으며 그의 머리를 잡고 흔들었고, 그제야 그는 펑펑 울기 시작했다.

⚖

"인천까지 따라갔다고 하더군요."

홍보석은 결국 장구식을 취조해서 사실을 알아냈다.

"처음에는 죽일 계획은 없었다고 합니다."

다만 돈을 돌려줄 테니 신고만 하지 말아 달라고 하려고 했단다.

"그런데 돈이 없다는 게 문제였지요."

이미 흥청망청 다 써 버렸으니 돈이 남아 있을 리가 없었고, 장구식은 몇 년에 걸쳐서 갚겠다는 개소리를 했다고 한다.

"그래서요?"

노형진은 흥미롭다는 듯 물었다.

"채영은이 화가 나서 필요 없다고, 소송해서 채권을 팔아 버리겠다고 했다더군요."

"네?"

그런데 그다음 말은 노형진이 생각지도 못한 방향으로 튀었다.

"채권을 판다고요?"

"네. 그 채권을 강제 수거 업체에 팔겠다고 했다네요."

"설마⋯⋯?"

"그 소문의 업체요."

"끄응."

홍보석은 그게 어떤 곳인지 잘 몰라서 그렇게 말했지만 노형진은 안다.

그가 일본 야쿠자와 직접 만든 채권 추심 업체니까.

사기꾼이나 악성 연체자들의 채권을 구입해 그들에게 강제 노동을 시켜서 배상금을 받아 내는 곳이었다.

그런데 문제는 그들이 일하게 되는 공간이었다.

"거기 소문으로는 후쿠시마에 인력을 투입한다고 하더군요."

"그, 그렇지요."

'그렇지요'가 아니라 진짜로 거기로 투입한다.

거기만큼 단시간 내에 돈을 뽑아낼 만한 곳은 없으니까.

"그래서 장구식이 채영은을 죽였답니다. 거기에 가면 3년 안에 암이든 백혈병이든 걸려서 죽는다는 소문이 있어서요."

"그런 소문이 있습니까?"

"사기꾼 사이에서는 파다하더군요. 그래서 사기 사건이 전보다 많이 줄었어요. 사실상 사형선고니까."

'내가 노린 건 그게 맞기는 한데…….'

하지만 거기에 가기 싫다고 살인까지 할 줄은 몰랐다.

물론 3년 안에 죽는다는 건 헛소문이다. 다만 죽을 확률이 아주아주 높아지긴 하지만 말이다.

"후쿠시마에 가기 싫어서 죽였다는 겁니까?"

"네."

장구식은 어떻게 해서든 채영은을 설득하려고 노력했지만 불가능했고, 결국 그녀는 그를 두고 그곳을 떠나려고 했다.

그러나 그렇게 떠나도록 둘 수 없었던 장구식이 바닥에 떨어져 있던 쇠 파이프로 채영은을 가격하고 시체를 바다로 던진 것이다.

"그들이 간 곳이 절벽 위에 호텔을 만들다가 만 곳이라고 하더군요."

부도가 나서 망한 곳이다 보니 흉기는 어디에나 있었던 것.

"권보람도 같이 짠 거라고 생각했답니다."

그래서 권보람도 죽이려고 한 거고 말이다.

"미친 새끼군요."

노형진은 눈을 찌푸렸다.

남을 등쳐 먹고 살인까지 하다니.

"하여간 한 건의 살인과 한 건의 살인미수가 나왔으니 그자가 후쿠시마에 갈 일은 없겠네요."

노형진이 어깨를 으쓱했다.

"아마 '당분간'일 테지만요."

"당분간요?"

"네, 당분간요."

채영은이 죽었다고 해서 그 돈의 책임이 사라진 것은 아니다.

그건 권보람에 관해서도 마찬가지고.

"유가족에게 알려서 채영은의 말대로 하도록 해야지요. 아시다시피 우리나라의 살인 처벌은 너무 약하지 않습니까?"

현 상황에서 장구식에게 나올 최대 형량은 대략 10년 정도다.

물론 더 나올 수도 있지만 그가 항고하고, 또 모범수로 복역한다면 더 짧아질 수도 있다.

"나오는 날이 후쿠시마행이 되겠군요."

홍보석의 말에 노형진은 피식 웃으며 말했다.

"그가 시한부 인생이라는 사실은 결코 바뀌지 않을 겁니다. 제가 그렇게 만들 테니까요."

죽음의 여행

"필리핀 경찰을 믿을 수가 없어요!"

주먹을 꽉 쥐는 여자.

무태식은 그런 그녀를 진정시켰다.

"알고 있습니다. 그래서 이렇게 모인 거 아닙니까?"

무태식은 그렇게 말하면서 노형진을 바라보았다.

"안 그렇습니까, 노 변호사님?"

"그렇지요. 이번 문제는 심각하니까요."

노형진은 심각한 얼굴로 말했다.

"필리핀에서 벌어진 살인 사건이기는 하지만 그렇다고 해서 저희가 관여하지 말라는 법은 없습니다. 더군다나 저희 새론에는 필리핀 지부도 있고."

"그래서 제가 여기로 온 거예요! 아버지를 죽인 놈을 찾아야 해요! 그런데 필리핀 경찰은 제대로 수사도 하지 않고 있잖아요!"

"아무래도 쉬운 사건은 아니니까요."

노형진은 그렇게 말하면서도 걱정스러운 얼굴이 되었다.

"그래서 다른 곳도 가 봤어요. 그런데 다들 그냥 기다리라는 말만 하더군요. 그럴 수는 없어요! 범인이 누군지 뻔하게 아는데 그걸 그냥 둬요?"

"아무래도 증거가 없으니까요. 그리고 필리핀이라는 장소의 특성이 있으니."

노형진은 그렇게 말하면서 턱을 문질렀다.

"필리핀이라는 나라가 치안이 안전한 곳은 아니니까요."

사건은 간단했다.

필리핀으로 간 피해자가 그곳에서 총을 맞아 죽었다.

범인은 필리핀인으로 보이는 청년으로, 아직 잡지 못했다.

"필리핀에서 워낙 청부 살인이 많으니까요."

문제는 필리핀의 치안이다.

필리핀에서는 적지 않은 청부 살인이 벌어진다.

필리핀은 생각보다 많은 총기가 뿌려진 나라고, 관광지 일부를 제외하고는 치안이 아주 좋지 않다.

물론 관광지 내부도 완전히 안전한 건 아니다.

필리핀에서 저녁에 해가 떨어진 뒤 나가는 건 멍청한 짓이라고 할 정도니까.

"아버지가 필리핀에서 총에 맞아서 죽을 이유가 없다고요! 그 녀석 말고는요."

유가족인 권송아는 흥분을 감추지 못하고 있었다.

"조재성 그 녀석이 범인이에요!"

"하지만 그 녀석은 한국에 있었다는 게 문제지요."

노형진은 눈을 찡그렸다.

'상황 참 애매하네.'

권송아의 아버지 권무진과 조재성은 동업자였다.

권무진은 특정 기술에 대한 특허를 가지고 있었고 조재성은 돈이 있었다.

그래서 같이 공장을 만들고 그 기술로 세계 수출을 하면서 막대한 이익을 남겼다.

"그런데 조재성이 매출을 속였단 말이지요."

권무진은 연구자였지 사업에 재능이 있는 사람은 아니었다.

그래서 운영에 관해서는 조재성에게 맡겨 놓은 상태였다.

그런데 조재성은 그걸 이용해서 그를 속였다.

판매량을 속이는 방식으로, 그에게 줘야 하는 로열티를 주지 않았던 것이다.

그 돈이 2년간 무려 40억이었다.

사실 40억이라는 돈도 문제였지만, 권무진이 그걸 알고 실망해서 동업을 그만두기로 한 것이 더 큰 문제였다.

"특허권이 없으면 물건 생산을 못 하지요."

당연히 어마어마한 위약금을 물어야 하니 조재성은 망할 수밖에 없다.

"그런데 아버님이 돌아가셨고요."

권무진이 필리핀으로 여행을 갔는데 그곳에서 강도의 총에 맞아서 죽었다.

그것만 해도 하늘이 무너질 것 같은데, 조재성이 그 상속권자인 권송아에게 해당 기술이 회사의 기술이라고 소송을 건 것이다.

"문제는 그게 이길 가능성이 높다는 거지."

정확하게 말하면 그 기술 사용 기한을 10년간 더 연장하도록 한 계약서를 내밀며 독점권을 주장하고 있다는 거다.

"그런데 상황도 그렇고, 그게 인정받을 상황이니까."

권무진의 도장도 찍혀 있고, 그의 계좌로 그 10년간의 독점 계약권의 계약금에 해당하는 20억의 돈이 들어갔다.

"도장은 아버님 도장이 맞아요. 도대체 어떻게 찍었는지 모르겠어요."

"도장 자체는 위조하거나 할 수 있습니다. 혹시 그거 인감 도장인가요?"

"그건 아니에요."

"그러면 조작으로 주장할 수도 있겠군요."

인감이 아니라면 조작이라고 주장할 수도 있다.

하지만 진짜 문제는 그게 아니었다.

"문제는 그 조인식이 찍혀 있다는 거예요."

"조인식요?"

"네. 그것도 사진이 아니라 동영상으로요."

노형진은 눈을 찌푸렸다.

동영상으로 조인식이 찍혀 있다면 그건 심각한 문제가 된다.

동영상만큼 확실한 증거도 없으니까.

"혹시 전문가에게 감정받아 보셨나요?"

"네, 진짜 동영상이래요."

"끄응."

노형진은 턱을 문질렀다.

"그러니까 아버지가 계약을 해지하겠다고 확실하게 말씀하셨는데, 얼마 후 필리핀으로 여행을 가셨다가 살해당하셨다 이거군요. 그런데 저쪽에서 계약금과 동영상을 증거로 내밀면서 10년간 독점 계약이 되어 있다고 한다는 거죠?"

"네."

"10년이라……. 확실히 너무 기네요."

10년이나 독점권을 준다는 것은 사실 말이 안 된다.

그럴 수밖에 없는 게, 기본적으로 모든 기술은 발전하기 때문이다.

권무진이 가진 기술이 최신의, 또 여러 사람들이 찾는 기술이기는 하지만, 시간이 지나면 누군가 더 좋은 걸 만들기 마련이다.

"그런데 10년이면 그걸 충분히 만들고 남을 시간이란 말이지요."

즉, 10년의 독점권이라는 것은 사실상 그 특허의 생명력이 끝날 때까지 독점한다는 소리나 마찬가지다.

"그 20억이라는 계약금이 많은 건가요?"

"많지도 적지도 않아요. 현재 시세를 기준으로 따지면 딱 맞기는 하지요."

물론 계약금이라는 게 전액을 미리 주는 게 아니다.

나중에 줄 돈 중 일부를 미리 주는 개념이니까.

"하지만 그 40억도 아직 안 줬어요."

"그 빼돌린 돈 40억요?"

"네."

이전에 계약한 기간은 3년.

그리고 조재성은 그중 2년 동안 40억을 빼돌렸다.

그러니까 1년에 수익이 대략 20억 정도 된다는 소리다.

'확실히 금액으로 보면 충분히 그럴 수 있는 액수이기는 한데.'

하지만 여전히 이해가 안 가는 것은 다시 계약을 했다는 거다.

상식적으로 자신과 소송 중인 사람, 그것도 자신을 속인 자와 계약을 한다는 것은 말이 안 되니까.

새로이 계약을 하려면 일단 그 소송을 마무리하거나 취하하는 게 우선이다.

"소송은 당사자가 없으니 기각되었을 테고요."

"네. 그러니까 그게 말이나 되냐고요."

당사자가 없음으로 해서 기각되었다.

그 말은 그 재산을 물려받을 권송아가 다시 소송을 해야 한다는 뜻이다.

"바보가 아닌 이상에야 그 돈이 해결되고 나서 계약을 하든가 할 텐데."

하지만 동영상까지 찍어 가면서 계약을 갱신하다니.

"여러모로 이해가 안 가는군요."

"그놈이 범인이에요! 조재성 그 새끼가 아버지를 죽인 거라고요."

"확실히 상황은 그렇습니다만."

하지만 권무진은 필리핀에서 살해당했다.

그 당시에 조재성은 한국에 있었다.

물론 필리핀은 치안이 좋지 않고, 얼마 안 되는 돈으로도 킬러를 고용할 수 있다. 그런 만큼 의심은 확실하다.

"하지만 필리핀 정부에서는 범인을 못 잡고 있고요?"

"네. 그래서 한국 경찰도 그냥 손 놓고 있어요."

권무진이 필리핀에서 무장 강도를 만나서 죽었지만 그와 관련하여 필리핀 경찰은 제대로 수사하기는커녕 범인이 누구일지 감도 잡지 못하는 상황이고, 한국 경찰은 수사권이 없으니 그냥 손가락만 빨고 있는 상황이다.

"그러면 민사에 대해서는 할 말도 없군요."

조재성이 죽었다는 확실한 증거가 없으니 당연하게도 그와의 계약 무효를 주장할 증거는 없다.

그러면 권송아는 그냥 눈 뜨고 특허를 빼앗기는 꼴이 된다.

"한국 경찰이 조재성에 대해 조사는 해 봤습니까?"

"네. 그런데 혐의가 없대요."

"당연히 혐의가 없겠지요. 멍청하긴."

노형진은 혀를 끌끌 찼다.

필리핀에서는 1천만 원만 있으면 킬러를 고용할 수 있다.

그리고 조재성 같은 부자라면 1천만 원 정도를 걸리지 않게 융통하는 것은 일도 아니다.

"그러니 다른 계좌를 이용했다면 당연히 안 걸리겠지요."

하지만 경찰은 그냥 계좌만 조사하고 해외 자금 이체 내역이 없으므로 혐의 없음으로 끝냈다.

정확하게는 필리핀에서 범인이 잡히면 재수사를 하겠다는 입장이지만.

'바보도 아니고.'

설사 범인이 잡힌다고 해도 그 범인이 조재성을 직접 알 가능성은 없다.

당연히 그가 잡힌다고 해 봐야 브로커가 나올 테고, 브로

커는 한국 놈이 아닐 게 뻔하고, 그렇게 살인의 조사는 끝날 것이다.

"그래서 미치겠어요! 그놈을…… 죽여 버리고 싶어요."

손을 부들부들 떠는 권송아.

"워워, 진정하세요. 화가 난다고 직접 죽이려 하시면 그놈에게만 이득입니다."

"알아요. 그래서 새론으로 온 거예요. 새론은 그 지역에 지점이 있으니까……."

"네."

이들을 통해 조사하는 게 차라리 그 지역 경찰보다는 나을 거라고 생각한 것이다.

"하지만 그게, 그 지점은 좀 달라서요."

"네?"

"한국 지점은 여러 가지 일을 합니다. 로펌이지만 확실히 다른 여러 가지 추적이나 기타 사건 수사도 하지요. 그러나 필리핀 지점은 철저하게 법률적인 일만 합니다. 애석하게도 한국처럼 인재 풀이 넓지 않아서요."

수사를 전문적으로 할 만한 사람들을 찾는 게 쉽지 않다.

가장 만만한 게 정년퇴직한 경찰인데, 필리핀의 경찰은 부패가 심하기로 소문이 났다.

그렇다 보니 그들을 고용하기에는 위험이 너무 컸다.

그렇다고 노형진이 그때마다 필리핀에 가서 모든 사람들

의 기억을 읽을 수는 없는 노릇이고 말이다.

'거기에다 한국과는 상황이 꽤 다르단 말이지.'

노형진이 회귀 전 미국에서 변호사 활동을 했지만 필리핀에서는 변호사로 활동한 적이 없다.

당연하게도 필리핀의 법은 전혀 모르고 또 그들의 사법 체계도 잘 모른다. 대충이야 비슷하겠지만, 애초에 필리핀 변호사 자격도 없으니까.

"네? 그러면 현장에서 조사를 할 수 없다는 말인가요?"

"그건 아닙니다만."

노형진은 턱을 문질렀다. 방법이 없는 건 아니다.

"제가 가면 됩니다. 그쪽으로는 제가 좀 아니까요."

"그러면……."

"하지만 위험합니다."

노형진은 대놓고 이야기했다.

이건 절대 만만한 사건이 아니다.

"필리핀은 원래 위험하잖아요?"

"그런 말이 아닙니다. 치안의 문제가 아니라, 범죄 조직의 문제입니다."

"범죄 조직?"

"네. 이번 사건을 보면 조재성이 아버님의 살인을 사주했을 가능성이 높습니다. 하지만 범인에게 직접 돈을 줬을 가능성은 낮지요."

"그게 무슨 말이지요?"

"그 지역에 있는 갱단을 이용했을 가능성이 높다는 말입니다."

그런 상황이라면, 노형진이 파고들기 시작하면 그 갱단이 어떻게 나올지 알 수가 없다.

"최악의 경우 그들이 저를 죽이려고 할 수도 있지요."

권송아는 입술을 깨물었다.

그리고 주머니에서 뭔가를 꺼내 들었다.

"이거 백지수표예요."

"백지수표?"

"네. 현재 잔고가 60억입니다. 원하는 만큼 쓰세요."

"헐."

잔고가 60억이라는 말과 백지수표.

그 말은 그 60억을 다 빼내 간다고 해도 뭐라고 하지 않겠다는 소리였다.

"그 돈 없어도 저 살아요. 아버지가 만든 기술이 그것만 있는 것도 아니고요."

권무진은 소문난 과학자였고 돈이 되는 특허를 여럿 가진 사람이었다.

"어떻게 해서든 아버지의 목숨을 앗아 간 진짜 범인은 잡아야겠어요. 이 수표를 받아 주세요. 죄송합니다. 제가 드릴 수 있는 건 이것뿐이에요."

권송아는 고개를 숙이며 말했다. 그만큼 그녀의 원한은 깊었다.

"흠."

물론 노형진에게 이 백지수표는 그다지 의미가 없다.

하지만 한 가지는 확실했다.

'이런 사건이 한두 개가 아니겠지.'

사실 필리핀에서 청부 살인은, 알려지지 않았을 뿐 적지 않게 벌어진다.

실제로 자식이 부모에게 청부 업자를 보내서 죽이는 사건도 있었다. 모시기 귀찮다는 이유로 말이다.

'필리핀에서 그걸 추적하는 방법을 만들어 두는 것도 나쁘지 않겠어.'

노형진은 고개를 끄덕거리면서 수표를 받아 들었다.

하지만 숫자는 쓰지 않겠다.

"금액은 나중에 쓰도록 하지요."

"그러면?"

"싸지는 않을 겁니다. 경호원을 고용해야 할 테니까요."

순간 권송아의 얼굴이 환해졌다.

"진짜 범인, 제가 한번 찾아보도록 하지요."

⚖

"답이 없네, 진짜."

필리핀으로 온 노형진은 가장 먼저 그 사건에 대해 확인했다. 그리고 절망했다.

"진행이 하나도 안 되었다고요? 단 하나도?"

총기에 대한 과학수사는 기대도 안 했다.

하지만 최소한 주변 인물 증언이나 사건 당시 근처에 있던 사람들의 증언은 받아 두었을 줄 알았다.

그런데 하나도 없었다. 단 하나도.

"어쩔 수 없습니다. 필리핀 경찰이 바보는 아니거든요."

노형진은 필리핀 변호사 자격이 없기 때문에 새론 지부에서는 하메스라는 이름의 필리핀 변호사를 붙여 줬다.

그래도 지부 내에서는 나름 인정받는 존재라고 했다.

"바보가 아니라니요?"

"총기에 의한 사건, 한국에서 온 어마어마한 재력가. 딱 보이는 거지요. 이거 갱단 사건이다."

어깨를 으쓱하면 말하는 하메스.

"이거 파다 보면 자기가 총 맞을 것 같은 거지요."

"허?"

"사실 그런 사건이 제법 많습니다. 돈만 받는다고 부패했다는 게 아니에요. 필리핀 치안이 나쁜 데에는 다 이유가 있습니다."

어떤 경찰도 범죄자들과 목숨 걸고 싸우려고 하지 않는다는 것이 문제다.

"경찰서장급 이상에서 폭력 집단 돈 안 받는 놈들이 있으면 그게 이상할걸요."

"끄응."

"어찌 되었건 상황이 상황이다 보니까요."

하메스는 그렇게 말하면서 뺨을 긁적거렸다.

"필리핀에서 살해당한 사람들을 추적하는 건 쉬운 일이 아닙니다."

"하지만 가끔 언론에서 보면 범인을 잡았다고 나오던데요?"

"그건 보통 살인범이 한국인인 사건이지요. 안 그런가요?"

"아……."

"현지인에게 살해당한 경우 범인이 잡혔다는 뉴스는 드물지 않습니까?"

"하아."

노형진은 한숨을 내쉬었다. 그 모습을 보며 하메스는 한층 어두워진 얼굴로 말을 이었다.

"필리핀은 그런 곳입니다. 더군다나 이번 사건은 더 위험해요."

"어째서요?"

하메스의 말에 노형진은 고개를 갸웃했다.

필리핀이 위험한 건 다 알려진 사실이다.

하지만 이번 사건은 더 위험하다는 그의 말이 이해가 가지 않았다.

"살해 장소가 관광지를 벗어나거든요."

"그래요?"

"네. 필리핀이 치안이 개판이지만, 관광지는 아닙니다."

필리핀은 관광으로 먹고사는 나라나 마찬가지이니 이런 사고가 빈번하면 관광객이 오지 않을 걸 알기에 관광지에 치안을 집중하고 있다.

"그래도 한국에서는 여행 자제 지역으로 되어 있지요."

쉽게 말해서 관광 라인에서 조금만 벗어나도 총알이 날아다니는 동네라는 소리다.

"그런데 관광지도 아닌 곳에서 죽었으니 위험할 수밖에요."

"으음……."

"더군다나 한국인은 필리핀에서 호구 취급당합니다."

"호구요?"

"뒤끝이 없거든요."

어깨를 으쓱하면서 말하는 하메스.

"대사관이 사실상 개점휴업 상태니까요."

사람이 죽어도, 납치당해도, 한국 대사관은 움직이지 않는다.

공격적으로 구하라고 압박하는 미국도 아니고, 아예 필리핀에 가지 말라고 홍보하는 일본도 아니다.

"죽어도 그만, 안 죽어도 그만. 심지어 한국 사람이 필리핀 경찰에 잡혀가도 가 보지 않는 게 필리핀 한국 대사관입니다."

"하아."

하긴 생각해 보면 노형진이 각 나라에 새론 지점을 내게된 이유가 바로 그것이었다.

대한민국 대사관이 파티 말고는 할 줄 아는 게 하나도 없다는 것.

"그렇다 보니 아주 호구 취급입니다. 사실 죽은 사람이 미국인이나 일본인이었으면 이 정도는 아니었을 겁니다."

노형진은 씁쓸한 얼굴로 머리를 흔들었다.

자신의 상상을 초월하는 상황이었으니까.

"그럼 일단 경찰에 기대하는 건 미친 짓이라는 거군요."

"현실적으로는요, 네."

아주 대놓고 고개를 끄덕거리는 하메스.

"애초에 처음부터 시작하는 게 좋을 겁니다."

"으음…… 그러도록 하지요."

이후 하메스와 함께 일단 살인 현장으로 간 노형진은 주변을 둘러보며 머리를 긁적거렸다.

주변에 필리핀 사람들이 많기는 하지만 시선이 결코 좋지 않았다.

관광지에서 보는 그런 따뜻한 시선이 아니다.

의심스러운, 더불어 먹잇감을 보는 듯한 눈빛이다.

'당장 경호원이 없었다면 뭔 일이 났을지 모를 판국이군.'

이 지역에 오기 위해 노형진은 경호원을 고용했다, 그것도 세 명이나.

그들이 아니었다면 벌써 강도를 만났을 듯한 분위기였다.

"그러면 일단 여기에 오게 된 이유부터 확인해 봐야겠군요. 일단 택시 운전기사부터 족쳐 볼까요?"

"택시 말입니까?"

"네. 주변을 보세요. 말씀하셨듯이, 딱 봐도 관광지는 아니네요."

치안이 불안해 보이고 현지인들만 다닌다.

아무리 좋게 보려 해도 결코 관광지는 아니다.

"권무진 씨는 한국에서 알려진 과학자이자 특허권자입니다. 그런 그가 이런 곳에 올 이유는 없지요."

"그 뭐냐, 그런 관광객들 있지 않습니까? 현지를 제대로 즐긴다고 이런 곳만 찾아다니는 사람들."

"그건 그렇지요. 하지만 권무진 씨는 아닙니다."

권송아에게 들은 바에 따르면 권무진은 다른 건 몰라도 여행에 있어서는 그다지 위험을 감수하는 타입이 아니었다고 한다.

"들어 보니 미국에 갔을 때 강도를 당했다고 하더군요."

누군가는 그럼에도 불구하고 그런 곳에 계속 갈지 모르지만, 권무진은 그런 타입이 아니었다.

'하긴 그 정도 꼴을 당하면 다 그렇게 되겠지.'

강도를 당했는데, 권무진은 부자다.

당연히 옷도 비싸고 신발도 비싸고 시계도 비싼 것이었다.

그래서 그는 미국에서도 강도를 당해서, 농담이 아니라 속옷과 양말 빼고 싹 다 털렸다.

그렇게 강도를 당한 후 무려 한 시간을 걸어서 안전지역으로 나왔고, 마침 지나가던 경찰이 그를 발견하고 경찰서로 데려갔다고 한다.

당연히 그 범인은 못 잡았고 말이다.

"그랬나요?"

"미국은 그다지 치안이 좋은 곳은 아니니까요."

그의 입장에서는 온갖 창피를 당하고 두려움에 떨었을 것이다.

실제로 거의 벌거벗은 채 한 시간을 걸어가는 동안 마주친 흑인들은 낄낄거리면서 비웃기만 할 뿐 그 누구도 도와주지 않았으니까.

"그런데 그런 사람이 이런 곳에 온다고요? 그건 말도 안 되지요."

"그러면?"

"제 생각에는 이곳에 데려다준 택시 운전기사 역시 패거리가 아닐까 하고 합니다."

"하긴, 필리핀 택시도 멀쩡하지는 않지요."

필리핀 택시를 타면 대부분 하는 소리가 미터기가 고장 났다는 것이다.

이것이 법이다

바가지를 씌우기 위해서다.

만일 택시를 탔는데 미터기가 고장 났다는 소리를 하는 사람이 운전사라면 어지간히 급하지 않은 이상에야 내리는 게 속 편할 정도로 막장이 바로 필리핀 택시다.

그래서 보통 경험이 많은 사람은 그런 택시가 아니라 콜택시를 이용한다.

"확실히 그러네요. 일반적으로 관광객이 이쪽으로 올 이유가 없어요."

"그러니까요. 여기는 CCTV도 없습니다."

필리핀의 대부분의 CCTV는 관광지 위주로 설치되어 있다. 이런 곳에는 당연히 없다.

그럴 수밖에 없는 게 CCTV는 범죄를 방지하거나 범인을 추적할 목적으로 설치하는데, 여기는 CCTV가 범죄의 대상이 되어 버린다. 설치하면 뜯어서 팔아먹는 것이다.

"누군가 그를 일부러 이곳으로 데리고 왔다는 거군요. 그러면 갱단이 붙어 있을 가능성이 더 높아지네요."

"그것도 단순 갱단이 아니라 머리 좀 쓸 법한, 좀 큰 갱단일 겁니다."

일반적인 갱단이라면 그냥 총으로 쏴 버리는 걸 선호한다. 깔끔하고 쉬우니까.

"하지만 이들은 추적을 막을 준비까지 했습니다. 그게 의미하는 건 하나뿐이지요. 피해자인 권무진 씨가 택시를 타는 순간을 노릴 수 있다는 것."

쉽게 말해서 그가 택시를 타려 하는 순간에 자신들의 차를 댈 능력이 있어야 한다는 것이다.

"그 말은 주변을 통제하고 있었다는 걸 의미하고요."

하메스는 알 것 같다는 얼굴로 말했다.

"어떻게 생각하십니까? 그 정도 할 수 있는 곳이 많은가요?"

"그럴 리가요. 보통 갱단은 단순합니다. 살인 청부를 받으면 그냥 가서 쏴 버리지요."

그런데 그러지 않았다는 것. 머리를 써 가면서 암살을 했다는 것.

"아무래도 다운엔젤 같은데요. 이 지역이면 다운엔젤 맞아요."

"다운엔젤?"

"그럴듯하지요? 하늘에서 떨어진 천사라서 다운엔젤이랍니다."

"웃기는 소리군요."

폭력단에 엔젤이라니.

"하여간 이 지역을 꽉 잡고 있는 녀석들입니다. 규모도 작지 않고, 정치권까지 선이 닿아 있다는 소문도 있고요."

"그 소문은 아마도 진짜일 겁니다."

폭력 조직이 워낙 많다 보니 도리어 정치권까지 선이 닿는 조직은 많지 않다.

"그리고 이 지역은 다운엔젤의 구역으로 기억하고 있습니다."

노형진은 고개를 끄덕거렸다.

"정확한 살해 위치가 저쪽이지요?"

"네."

노형진은 주변을 둘러보면서 대충 그림을 그려 보기 시작했다.

늦은 밤, 여기까지 들어온 택시. 그리고 손님을 엉뚱한 곳에 내려 두고는 도망간다.

당황한 권무진은 다급하게 돌아가려고 하지만······.

'보통 늦은 밤에 이런 지역으로 들어오려 하는 이는 없지.'

심지어 여기에 사는 사람들조차도 늦은 밤에는 나오지 않는다.

그러니 거리가 텅 비었을 것이다.

'그리고 이곳이 살인한 위치.'

노형진은 사진에 찍혀 있던 곳에 서서 주변을 둘러봤다.

창문도 없는 골목이다. 당연히 증인도 없다.

"누군가가 도움의 손길을 뻗은 모양이군요."

"네? 그게 무슨 말씀이신지?"

"차는 여기까지 들어올 수가 없지요."

노형진은 큰 도로 쪽을 바라보며 말했다.

"보다시피 노점으로 가득하니까요."

도로 자체는 차가 들어올 수 있는 폭이다.

하지만 그 안에 가득한 노점들 때문에 들어오는 것은 불가능하다.

그 말은, 권무진이 큰 도로에서 내려서 이 안쪽으로 들어왔다는 소리다.

"그런데 이쪽은 주변보다 더 어둡고 증거가 될 만한 것도 없습니다. 어떻게 보면 이쪽이 더 위험해 보이지요."

사람은 비상시에 밝은 쪽으로, 그리고 더 넓은 쪽으로 가려고 하는 게 본능이다.

더군다나 이렇게 낯선 곳에서 버려진다면 말이다.

"그런데 피해자 권무진은 여기에서 총에 맞았습니다. 그것도 정면에서."

그 말은 누군가가 이 앞에서 쐈다는 거다.

그리고 사람이 여기로 스스로 걸어 들어올 가능성은 낮다.

"그러면 남는 건 하나지요. 누군가 여기로 끌고 왔다는 것."

강제로 끌고 온 것은 아니다.

"누가 부른다고 이런 곳으로 올 리가 없으니, 권무진이 이곳으로 올 수밖에 없도록 만들었겠지요."

"올 수밖에 없도록 만든다……. 그게 '도움'이군요."

"네."

완전히 고립된 상황에서 누군가가 적당한 연기를 하면서 도와주겠다고 하면 사람은 그에게 기댈 수밖에 없게 된다.

그가 안전한 곳으로 데려다준다거나 하면 일단 따라가게

된다.

"적당한 연기만 첨부하면 별 의심 하지 않을 겁니다."

그리고 그렇게 데리고 가다가, 뒤돌아서 쏴 버리면 된다.

아니면 다른 누군가가 기다리고 있든가.

어느 쪽이든 간에 권무진은 저항도 하지 못하고 쓰러졌을 것이다.

"돈이나 지갑 같은 걸 가지고 간 건 강도로 꾸미기 위해서 고요."

"하지만 진짜 강도일 수도 있지 않습니까?"

"진짜 강도일 수도 있지요. 한 가지만 빼고요."

"뭐 말입니까?"

"진짜 강도는 의외로 사람을 죽이지 않습니다. 생각해 보세요. 지금까지 많은 사건들이 있었을 겁니다. 그런데 그중에서 사람을 쏴 죽이고 물건을 훔쳐 간 놈들이 많던가요, 아니면 총으로 위협해서 빼앗아 간 놈들이 많던가요?"

"아, 그건 그러네요."

대부분의 강도들은 돈을 강제로 빼앗기는 하지만 섣불리 살인을 하지는 않는다.

상대방이 신고를 할까 두려워 살인을 하는 놈들은 극히 드물며 대부분 미친놈들이다.

"사실 여기서 강도가 얼굴만 감추고 강도질을 하면 그를 잡는 게 쉽지 않지요. 특히 대상이 관광객이라면요. 그렇지 않습니까?"

"맞습니다. 관광객들은 필리핀 사람들의 얼굴을 잘 구분하지 못하니까요."

거기에다 그들이 보기에는 필리핀 사람들은 다 허름한 옷을 입고 있다. 가난한 나라니까.

"그러니까 허름한 복장으로 구분하는 것도 의미가 없어요. 현실적으로 관광객이 강도를 만나도, 필리핀 같은 경우에는 잡지 못한다고 봐야 하지요."

심지어 미국도 그렇다.

미국에서도 강도를 잡지 못하는데 필리핀에서 강도를 잡기가 쉬울까?

"그런데 굳이 그를 살해했습니다. 그리고 아까 말했지요, 전에 강도를 만나서 진짜 팬티만 빼고 다 털렸다고."

"그랬지요."

"권무진 씨가 여기에 싸구려를 입고 왔을까요?"

"아······."

당연히 그가 입고 있는 옷도 비싼 거고 신발도 비싼 거다.

"하지만 여기 사건 기록에 따르면 그는 정면에서 총을 맞았고, 피해 상황은 지갑과 시계 그리고 핸드폰뿐입니다. 이런 식이면 권무진 씨를 쓰러트린 후에 대충 보이는 걸 챙겼다고 봐도 무방하지요."

쉽게 말해서 상대방은 그가 강도로 죽은 것처럼 꾸민 것이다.

"하지만 강도가 살인까지 저지를 상황이었다면, 일반적으로 격투 흔적이 있어야 합니다."

강도 살인이 발생하는 일반적인 경우는 피해자가 강력한 저항 의지를 보일 때다. 뭔가를 빼앗기지 않기 위해 몸싸움을 하며 저항하던 중 총이 발사되거나 하는 등의 사건.

"하지만 권무진이 돈 때문에 굳이 그럴 이유는 없지요."

어차피 그에게는 그다지 큰 가치가 있는 것도 아니다.

"더군다나 그는 한번 경험이 있습니다."

당연히 이런 경우 순순히 주는 게 차라리 안전하다는 걸 안다.

실제로 수많은 경험자들과 여행사들이 여행 중 강도를 만나면 그냥 다 주고 안전하게 나오는 걸 추천한다.

돈 몇 푼 때문에 죽을 수는 없으니까.

"제가 강도라면 권무진의 옷부터 신발까지 다 털어 갔을 겁니다."

하지만 권무진은 가슴에 총을 맞고 죽었다.

"그리고 보통 강도들의 사격 실력은 딱히 좋은 편이 아닌 경우가 더 많습니다."

정확하게 가슴을 조준하는 강도는 많지 않다.

"만일 저항했다면 흙 범벅이 되었어야 합니다. 하지만 그는 그대로 쓰러졌어요. 저항할 틈도 없었다는 거지요."

결국 누군가 그를 이곳으로 꼬셔 내고 그 후에 살해했다는 소리가 된다.

"대단하시네요. 대충 주변을 살펴본 것만으로 그곳에서 벌어진 걸 다 아신다고 하더니 역시⋯⋯."

"제가 보통 변호사와는 좀 다르지요."

하메스의 말에 노형진은 씩 웃었다.

"어찌 되었건 이곳에서는 더 이상 뭘 얻을 수가 없을 것 같으니 나가서⋯⋯."

노형진이 그렇게 말하며 몸을 돌리는 순간이었다.

등 뒤에 있던 경호원이 갑자기 노형진을 끌어당겨서 자신의 뒤로 보내고는 총을 치켜들었다.

"더 이상 접근하면 사격하겠다."

"헉!"

노형진은 깜짝 놀랐다.

그가 살인 현장을 살피는 사이에 십여 명의 사람들이 골목의 입구를 막고 있었기 때문이다.

"너희들은 뭐야?"

"알 필요 있나?"

그들 중 몇몇은 권총을 들고 위협적인 자세를 취하고 있었다.

하지만 그렇다고 해서 그들이 마음대로 움직이지는 못했다.

"권총으로 싸우려고 들면 후회할 텐데?"

이쪽은 완전무장 상태니까.

경호원만 세 명에 그들 중 두 명은 소총으로, 한 명은 완전

자동 샷건으로 무장하고 있었다.

거기에다 그들은 방탄복까지 입고 있다.

노형진 역시 방탄복을 입고 소총을 들고 있었다.

하메스 역시 기관총을 하나 들고 있었고 말이다.

"쏘고 싶으면 쏴 봐. 하지만 그 이후에 어떻게 될지는 책임지지 않아."

경호원의 말에 그들은 서로를 돌아보았다.

의심스러운 작자들이 왔다고 해서 몰려왔는데 상대방이 생각보다 위험해 보였던 것이다.

"다운엔젤?"

노형진이 작게 속삭이자 하메스가 고개를 끄덕거렸다.

"그들이 아니면 이 정도로 무장하고 다니는 놈들은 여기 없습니다. 저렇게 무장하고 패거리로 다니면 다운엔젤에서 죽여 버릴 겁니다."

"이래서 경찰도 조사를 못 하는군요."

노형진 일행이 뭘 한 게 아니다.

그저 사건 관련해서 사건 현장에 찾아왔을 뿐이다.

그런데 십여 명이 길을 막고 위협하다니.

'만일 경호원이 없었다면 죽었을지도 모르겠군.'

저들의 눈에는 살기가 가득했다.

몇몇은 이미 살인을 해 본 듯 보였다.

"싸우고 싶어?"

경호원 중 한 명이 그들을 보면서 피식 웃었다.

"우리 레드라인과 싸우고 싶다면 언제든지."

"크흠……."

"레드라인."

레드라인이라는 말에 그들은 당황하는 듯했다.

하긴 그럴 수밖에 없다.

레드라인은 미국계 경호 회사로, 필리핀에서는 아주 유명한 곳이기 때문이다.

그들의 힘은 어마어마해서, 어지간한 총격전쯤은 정당방위로 커버할 수 있을 정도였다.

실제로 레드라인이 경호하던 프랑스 요인을 갱단이 기습한 적이 있는데, 그 교전으로 갱단 서른 명이 사망했다.

정작 레드라인과 요인은 전혀 다치지 않았고 말이다.

하지만 재판 결과 정당방위가 나왔고 누구도 처벌받지 않았다.

"총소리가 들리면 우리 장갑차가 여기까지 밀고 들어올 거야. 그 이후에 어떻게 될지는 잘 알지?"

철컥하고 총을 장전하는 경호원들.

특히나 산탄총을 든 사람은 아예 기대한다는 표정으로 외쳤다.

"제발 한 번만 누가 쏴 봐라! 이거 원 없이 좀 쏴 보자."

"헐."

노형진은 그가 들고 있는 무기를 보고 혀를 내둘렀다.

그다지 신경 쓰지 않고 있었는데 그가 들고 있는 총은 다름 아닌 한국산 산탄총이었기 때문이다.

'경호 팀이 저걸 들고 있어도 되는 거야?'

USAS-12 전자동 산탄총. 그게 특이한 이유는 두 가지다.

한 가지는 한국에서 생산되는 유일한 산탄총이라는 거다.

한국에서 생산해서 대부분 해외로 수출되며 한국에서는 거의 사용되지 않는다.

그럴 수밖에 없는 게, 사람들이 알고 있는 산탄총의 개념 자체를 박살 내는 물건이니까.

일반적으로 산탄총은 한 발씩 장전하거나 많이 장전해도 다섯 발이 끝이다.

하지만 저 총은 탄창식 장전 방식이며, 분당 발사 속도가 삼백쉰 발 정도다.

드럼 탄창의 경우는 스무 발이 들어가는데 그게 몇 초면 발사되는 것이다.

다른 산탄총과 다르게 어마어마한 속도로 주변을 쓸어버릴 수가 있어서 근접전에 관해서는 괴물 그 자체다.

산탄이라는 특성상 넓게 퍼지는데 그게 단 몇 초 만에 쏟아져 나가니 피한다는 건 꿈도 못 꿀 일이다.

'열 명쯤 되는 갱단이야.'

게다가 사거리가 30미터인데 권총의 사거리는 그것보다

더 짧다.

그러니 접근하는 순간 저들은 걸레짝이 된다.

"여분 탄창도 있으니까 걱정하지 말고 오라고. 컴 온, 컴 온."

그 경호원은 아예 도발을 했지만 상대방은 그 모습을 보고 접근은커녕 도리어 물러나기 시작했다.

"시체라도 제대로 건지고 싶으면 꺼지시지?"

"젠장!"

그들은 눈을 찡그리면서 서로를 돌아보다가 멀어져 갔다.

노형진은 안도의 한숨을 내쉬면서 그들을 따라 골목을 나왔고 바로 차량으로 복귀했다.

"다행이기는 한데, 무장이 과한 거 아닌가요?"

노형진은 문득 고개를 갸웃하며 물었다.

소총만 해도 과한 무장인데 USAS-12라니.

"여기는 필리핀이니까요."

"네?"

노형진이 어리둥절해하자 경호원이 웃었다.

"하하하, 여기는 다른 곳과 사정이 다릅니다. 치안이 안 좋기는 하지만, 현실적으로 총격전이 벌어질 가능성은 낮아요."

"그건 압니다만."

"그래서 총기는 위협적이어야 합니다. 만일 전쟁터였다면 저건 안 썼을 겁니다. 사거리가 너무 짧으니까요."

하지만 필리핀은 아니다.

대부분의 갱단은 그다지 강한 화력을 가지고 있지 않다.

대부분이 권총이고, 소총이 있기는 하지만 훈련이 안 되어서 연발 놓고 갈기는 수준이다.

"이쪽의 화력이 약하다 싶으면 아마 해볼 만하다고 생각할 겁니다. 아무리 우리가 방탄복을 입고 있다고 해도 얼굴에 맞으면 답이 없지요."

"그렇죠."

"하지만 이쪽이 압도적인 화력을 가지고 있으면 접근도 못합니다. 즉, 기습당할 가능성이 낮아지는 거지요. 맞는다고 해도, 얼굴보다는 다른 곳에 피탄될 가능성이 높아지고요."

"아, 그러니까 접근을 사전에 막기 위한 일종의 공갈이군요."

노형진이 이해했다는 듯 말하자 경호원은 고개를 끄덕거렸다.

"맞습니다. 어쭙잖게 권총이나 들고 다니면 분명 저들은 할 만하다고 생각할 겁니다. 하지만 저놈을 들고 다니면 눈도 못 마주치지요. 저걸 가지고 있으면 싸움보다는, 일단 말부터 나누려고 합니다."

"훌륭한 대화 수단이네요."

노형진은 다시 한번 그 괴물 같은 총을 보다가 한숨을 쉬었다.

'내가 뭔 부귀영화를 누리겠다고 이런 데까지 오나.'

하지만 어쩌겠는가. 의뢰는 받았고 범인은 잡아야 한다.

"그나저나 이제 어쩌지요? 저쪽에서 조사하기는 그른 것 같은데."

"압니다. 하지만 상관없습니다. 어차피 거기에 뭐가 있을 것 같지는 않군요."

자신들이 왔다는 이유만으로 갱단이 몰려왔다.

그런 상황에서 증거를 찾는다는 것은 불가능하다고 봐야 한다.

"하지만 다른 곳에서는 찾을 수 있을지도 모르지요."

"택시 말이군요."

하메스는 안다는 듯 말했다.

아까 전에 택시 역시 같은 패거리라고 했으니까.

"하지만 어떤 택시인지도 모르는데요."

"애초에 가짜 택시였을 겁니다. 진짜 택시를 거기에 쓰지는 않을 테니까요."

"그러면요?"

"택시는 못 찾겠지요. 하지만 그들에게 통제된 누군가는 찾을 수 있을 겁니다."

노형진은 씩 웃으며 말했다.

죽은 자는 말이 없다.
하지만 주변에서는 할 말이 많다

노형진은 권무진을 죽인 자들을 찾기 위해 우선 움직였다.

그들을 찾는 방법은 어렵지 않았다.

권무진이 어디서 출발했는지 알고 있으니까.

그가 출발한 곳은 다름 아닌 호텔이었다.

CCTV에 따르면 그는 호텔에서 다급하게 택시를 타고 나갔기에, 택시가 떠나는 모습까지는 찍혀 있었다.

"택시 번호가 없네요."

"가짜 택시군요."

가짜 택시, 그러니까 정식으로 허가를 받지 않고 활동하는 택시를 말한다.

물론 불법이다.

하지만 필리핀의 불안정한 상황 때문에 가짜 택시들을 통제할 방법이 없다.

'하물며 미국에도 가짜 택시가 있는데 뭘.'

그런 가짜 택시들은 기본이 바가지다.

문을 잠그는 장치가 되어 있어서 운전기사가 열어 주지 않으면 내리지도 못한다.

"CCTV가 여기에 있다는 걸 알면서도 들어왔다는 건 가짜 택시라는 소리지요. 수사가 시작되면 가장 먼저 표적이 될 게 뻔하니까."

진짜 택시라면 어디서 어떻게 내려 줬는지부터 소상하게 따지겠지만 가짜 택시라면 추적할 방법이 없다.

그나마 번호판이라도 진짜라면 추적을 하겠지만, CCTV가 있다는 걸 알면서 당당하게 들어왔다는 것은 그것도 가짜라는 소리다.

"하지만 방법이 없는 건 아니지요."

노형진은 어깨를 으쓱하면서 다른 택시 운전기사들에게 다가갔다.

다행히 필리핀은 영어가 기본적으로 가능하기 때문에 택시 운전기사들도 대화하는 데 문제는 없었다.

"혹시 이 근방에서 택시 통제하는 놈들 아십니까?"

노형진은 택시 운전기사들에게 물으면서 주머니에서 돈을 꺼내서 흔들었다.

눈앞에서 흔들리는 100달러짜리 지폐를 본 운전기사들은 침을 꿀꺽 삼켰다.

그들에게는 절대 작은 돈이 아니니까.

하지만 누구도 입을 열지는 않았다.

'예상했다.'

노형진은 피식 웃으면서 지갑에서 100달러 지폐를 더 꺼내 들었다.

"300달러입니다. 진짜 아는 분 없어요?"

"……."

"그래요? 그렇단 말이지요."

노형진은 고개를 끄덕거리면서 다시 지갑에서 지폐를 꺼냈다.

"500달러입니다. 진짜 하실 분 없어요?"

다들 눈치만 볼 뿐, 아무도 말을 하지 않았다.

'그래, 안다 이거지.'

차라리 처음부터 거짓말을 했다면 없다고 생각했을 수도 있을 것이다.

하지만 누구도 말하지 않는다.

그건, 알고는 있지만 말하기가 무섭다는 의미다.

"그래요? 그러면 어쩔 수 없지요."

노형진은 씩 웃으면서 돈을 다시 지갑에 넣었다.

그러자 안타까워 애타는 눈빛을 하는 택시 운전기사들.

"그러면 이렇게 하지요."

이번에는 품에서 종이봉투를 꺼냈다.

"여기 10달러입니다. 혹시 같은 놈들을 발견하거나 하면 이 호텔로 와서 이야기해 주세요."

노형진은 운전기사들에게 일일이 돈을 쥐어 줬다.

그리고 웃으면서 호텔로 돌아갔다.

하지만 운전기사들은 절대 움직이지 않았다.

그들을 뒤로한 채 걸음을 옮기던 중 하메스가 걱정스러운 표정으로 노형진에게 물었다.

"어쩌시려고요? 물어본다고 해서 대답할 리가 없습니다. 그리고 그 택시가 아니라 통제하는 놈을 찾아서 뭐 하시려고요?"

"대답하도록 기회를 줬습니다. 하지만 뻔히 보이는 장소에서는 당연히 대답할 리가 없지요."

어깨를 으쓱하면서 말하는 노형진.

그는 남아 있는 10달러짜리 지폐를 꺼내 들었다.

"보다시피 돈에는 전화번호를 붙여 놨습니다."

포스트 잇을 절묘하게 돈의 후면에 붙여 놨기 때문에 주변에서는 볼 수가 없다.

"하지만 받아 든 사람들은 알겠지요. 그러면 어떻게 할까요?"

"전화를 하겠군요."

무려 500달러. 필리핀의 평균 물가를 생각하면 무척이나 큰돈이다.

그걸 보고 누군가 과연 전화를 하지 않을까?

"안 할 리가 없지요. 그리고 그들이 거기서 이야기하지 않았다는 건, 그 통제하는 감시자들이 근처에 있다는 거지요. 저 입구에 있는 택시들 중에도 가짜 택시가 있을 수 있고요."

"흠······."

"결과적으로 말하면, 거기서는 누구도 이야기를 할 수 없었을 겁니다. 하지만 제가 전화번호를 뿌렸으니 누군가는 전화를 할 수도 있지요. 더군다나 더 뿌릴 거거든요."

호텔 앞의 택시는 수시로 나가고 수시로 들어온다.

그들에게 전부 10달러씩 뿌리면, 누가 전화를 해서 꼰질렀는지 알 수가 없다.

"하지만 통제를 할 거라는 걸 어떻게 아시지요?"

"뻔하지요. 한국도 그러거든요."

"네에? 하지만 한국은 치안이 좋은 나라 아닙니까?"

하메스는 당황한 듯 보였다.

그가 아는 한국은 선진국이고 범죄율도 낮고 풍족한 국가이다.

그런데 차량을 통제한다니?

"이권이니까요. 풍족하다는 게 사람들에게 욕심이 없다는 건 아닙니다. 실제로 몇몇 질이 안 좋은 택시 운전기사들이 폭력 조직을 만들어서 손님이 많은 곳을 선점하고 자기 패거리가 아니면 손님을 못 태우게 합니다."

물론 그건 불법이다.

"하지만 경찰은 귀찮으니까 모른 척하지요."

실제로도 패거리에 속하지 않았다는 이유로 다른 택시 운전기사를 차에서 끌어내어서 집단 폭행을 했지만 경찰은 제대로 조사도 하지 않았다.

심지어 그들은 자기네 조직원 택시에 타지 않았다는 이유로 여성 손님을 택시에서 머리채를 잡고 끌어내기까지 했다.

"상식적으로 그런 놈들은 2주도 활동하지 못해야 정상입니다."

그들은 폭력 조직을 구성한 거고, 당연히 특가법상의 폭력 조직 구성 위반으로 처벌받아야 한다.

하지만 몇 년간 신고가 들어가도 경찰은 조사도 하지 않다가 피해가 커지니까 그제야 조사를 했다.

"그나마도 소속 멤버가 쉰 명이 넘는데 처벌받은 건 일곱 명인가? 그랬습니다."

"한 지역만 그런 거 아닙니까?"

"한두 곳이 아닙니다. 아니, 한 지역만 그래도 문제인 거고요."

"끄응……."

"하물며 한국도 그 지경인데 필리핀은 어떻겠습니까?"

엄밀하게 말하면 가짜 택시는 신고 대상이다.

당연히 진짜 택시 운전기사들은 그들을 알아볼 수 있다.

하지만 신고는 하지 않는다.

할 수가 없는 거다. 무서우니까.

"설마 택시 운전기사들이 착해서 신고하지 않은 거겠습니까?"

손님들에게 바가지 씌우는 걸로 유명한 필리핀 택시 운전
기사들이 그럴 리가 없다.

"그리고 차량의 가격은 상당히 비싸지요. 가짜 택시로 꾸
민 걸 이번 사건에만 사용할 리가 없지요."

차를 사고 그걸 또 택시처럼 꾸미기 위해서는 돈이 들어간다.

아무리 폭력 조직이 돈을 받고 활동한 거라고 하지만, 그
런 택시는 당연히 계속 가짜 택시로 활동하게 둔다.

"그리고 그들이 돈을 더 벌게 하기 위해서는 같은 패거리
가 손님을 통제하려고 할 테고요."

그래서 노형진이 택시 운전기사에게 말을 한 것이다.

"아마 그들이 누군지, 금방 드러날 겁니다."

노형진의 예상대로였다.

그날 밤 몇 통의 전화가 왔고, 그들은 자신의 신분을 감추
는 조건으로 정보를 건넸다.

물론 충분한 보상은 기본이었지만.

"윌리스라는 남자랍니다. 이 지역을 관리하는 자로, 동부

슬럼가에 살고 있답니다."

"그가 다운엔젤의 보스인가요?"

"아니요. 다운엔젤의 규모는 2천 명이 넘습니다. 일종의, 이 지역을 관리하는 존재입니다."

"그러면 행동대장이군요."

"행동대장?"

"한국식 표현입니다. 쉽게 말해서 한국에서 중간 보스 같은 개념이지요."

"아, 뭔지 알겠네요. 그런 놈입니다, 하여간."

그리고 그가 통제하면서 접근하지 못하도록 했다고 한다.

"그날 호텔로 가려던 택시 운전기사들이 모두 두들겨 맞고 쫓겨났다고 하더군요."

"그러면 그날 입구에 있던 택시들은 모두 가짜였다는 말이군요."

"그런 셈이지요."

노형진은 턱을 문지르면서 생각에 잠겼다.

그 말이 사실이라면 그들은 권무진이 호텔에서 나올 거라는 걸 알았다는 소리다.

"어떻게 했을까요?"

"네?"

"그들은 그날 권무진 씨가 호텔 바깥으로 나온다는 걸 알고 있었습니다. 그러니까 그렇게 택시를 동원해서 입구를 막고 있었겠지요. 그런데 한 가지 문제가 있습니다. 어떻게 권무진 씨가 나올 걸 알고 있었을까요?"

자신들이 아는 것은 권무진이 다급하게 나와서 택시를 탔다는 것뿐이다.

"목적지가 어디인지 알지도 못하고요."

필리핀에서 권무진이 아는 사람은 없다.

그런데 왜 나왔을까?

"회사 일 때문 아닐까요?"

"그건 아닐 겁니다."

권무진의 회사는 사설 연구소이고, 그렇게 개발한 기술의 특허권으로 수익을 내는 구조의 기업이다.

"다급하게 사건이 터질 만한 일은 없지요."

"그러면 그, 의심받는 사람이 있지 않습니까? 조재성이라고 했나요?"

"확실히 조재성이 의심스러운 상황이기는 하지만 그렇기에 더더욱 그는 아닙니다."

조재성은 권무진을 속였고 권무진은 그와의 계약 연장을 거부한 상황이었다.

그 상황에서 조재성에게 무슨 일이 터졌다 해도 권무진은 움직이지 않았을 것이다.

"더군다나 그는 여행을 여러 번 다닌 사람입니다. 필리핀이 밤에 얼마나 위험한지 알고 있었지요."

그럼에도 불구하고 다급하게 나와서 택시를 탔다.

"그렇다면…….."

노형진은 턱을 문지르다가 슬며시 눈을 감았다.

그가 생각한 것이 맞는다면 어쩌면 그들은 훨씬 체계적으로 움직일 가능성이 높다는 소리다.

'이미 체계적으로 움직이기는 하지만 말이지.'

그것보다는 좀 더 과학적으로 움직인다고 봐야 할까?

"권무진의 신용카드 내역을 확인해 봐야겠군요."

⚖

─아버지의 카드 기록을 확인해 봤어요. 비행기를 예매한 기록이 있었어요. 그것도 사건 당시에요. 어떻게 아신 거예요?

권송아는 놀랍다는 듯 말했다.

경찰에서는 단순 강도라고 했는데 노형진은 그걸 뛰어넘어서 벌써 상당 부분 진실에 다가가고 있었으니까.

"아버님께서 호텔을 다급하게 나갔다고 하셨습니다."

─하지만 이해가 안 가요. 그런데 왜 여행용품을 다 두고 가요?

필리핀 경찰은 숙소에서 그의 짐을 발견했다고 했다. 그러니까 그는 짐을 두고 간 것이다.

그런데 비행기까지 예약한다?

논리적으로 말이 안 된다.

"논리적으로는 말이 안 되지만 그럴 수밖에 없는 상황이었다면 이해가 가지요."

-그럴 수밖에 없는 상황?

"보내 주신 시간표를 봤습니다. 호텔에서 출발해서 비행기 타러 가기에도 빡빡한 시간이더군요. 짐을 쌀 시간 따위는 없었습니다."

-그야 그렇죠. 하지만 아버지가 그렇게 다급하게 한국에 올 이유가 없었어요.

권송아는 그게 이해가 가지 않았다.

"혹시 그날 핸드폰 통화 되셨습니까?"

-네?

"아버지가 돌아가신 그날, 핸드폰을 꺼 두거나 하지 않으셨나요?"

-…….

권송아는 잠깐 말을 멈췄다. 그리고 떨리는 목소리로 말했다.

-그, 그날 핸드폰을 꺼 놨어요. 하, 하루 종일 장난 전화가 와서…….

"당하신 겁니다. 아마도 권송아 씨에게 무슨 일이 있다고 생각하셨을 겁니다."

-그, 그런……!

"그러면 모든 게 이해가 가지요."

권송아의 어머니는 그녀가 아직 어릴 때 죽었다.

이후 권무진은 재혼도 하지 않고 홀로 권송아를 키웠다.

돈이야 풍족했지만 어머니가 없는 빈자리는 크다. 권무진은 홀로 힘들게 이 외동딸을 돌보며 살아왔을 것이다.

"그런 경우에 권송아 씨에게 무슨 일이 벌어졌다고 한다면 다른 건 아무것도 중요하지 않지요."

어차피 호텔은 계속 예약되어 있으니 그가 짐을 두고 간다고 해도 호텔에서 보관한다.

그러니 그는 다급하게 한국행을 할 수밖에 없다.

그리고 그러기 위해서는 가장 빠른 비행기 편을 예약했을 테고, 공항으로 가기 위한 가장 빠른 방법을 선택했을 것이다.

"보통은 그게 택시지요."

콜택시가 안전한 건 알고 있지만 시간이 좀 걸린다. 그러니 호텔 앞에서 대기하고 있는 택시를 탈 수밖에 없다.

"아실 겁니다. 이런 보이스 피싱은 흔하게 벌어지지요."

실제로 한국에서 흔하게 벌어지는 보이스 피싱이 그런 타입이다.

자녀를 데리고 있다, 돈을 내놓지 않으면 멀쩡하게 돌아가지 못할 줄 알아라.

ㅡ네? 하지만 아버지가 그걸 모른다고요? 단순히 누가 전화를 한 것뿐이잖아요.

"보이스 피싱범들은 바보가 아닙니다. 아까 장난 전화 때

이것이 힘이다

문에 전화를 꺼 두셨다고 하셨지요? 그들의 방식입니다."

─그, 그런…….

"그리고 필리핀은 보이스 피싱 범죄자가 많기로 소문이 났지요."

중국과 필리핀 그리고 베트남에는 한국을 대상으로 하는 보이스 피싱 범죄자들이 많다.

한국 입장에서는 수사도 힘들고, 사회적인 개념도 낮고 치안이 좋지 않다 보니 돈만 된다면 그게 위법이라고 해도 그다지 신경 안 쓰는 놈들이 많다.

─그런……. 하지만 제 목소리도 안 들어 보고 그러실 리가…….

"그게 그들의 속임수죠. 여자들은 비명을 지르면 톤이 높아지면서 목소리가 많이 바뀝니다. 그리고 부모님들은 자녀가 그렇게 하이 톤으로 지르는 비명에 익숙하지 않지요."

─그런…… 흑흑흑.

권송아는 눈물을 흘렸다.

장난 전화가 너무 심하게 와서 전화기를 꺼 둔 것뿐인데 설마 그게 함정이었다니.

"더군다나 자식이 여자인 경우는 부모님이 눈이 돌아갈 수밖에 없지요."

단순히 돈을 노리는 것일 수도 있지만, 여자인 경우 다른 범죄도 감안해야 한다.

만일 그 전화의 여자가 비명을 지르면서 강간을 막으려는 듯한 목소리를 내면 대부분의 부모는 눈이 돌아갈 수밖에 없다.

"그때는 이성적인 판단은 흐려지지요."

오로지 딸을 구하겠다는 단 하나의 목적만 남고 다른 건 다 버려진다.

─흑흑흑.

"그래서 확인해 달라고 한 겁니다. 범죄 조직이 관련된 건 확실하고, 필리핀의 현실을 생각하면 그들이 보이스 피싱 조직을 운영하는 것은 당연한 일이니까요."

아무리 폭력 조직이라고 해도 뜬금없이 한국에서 들어오는 청부 살인을 좋다고 할 리가 없다.

그게 수사일 수도 있으니까.

그 말은, 한국에 어떠한 선이 있다는 소리다.

"그런 면에서 보면 조재성이 범인인 것은 확정적인 것 같군요."

노형진은 차분한 얼굴로 말했다.

─당장 그 새끼를 죽여 버리겠어요! 당장 그 녀석을 죽여 버리고 말 거예요!

권송아는 흥분해서 외쳤다.

아버지를 죽이는 데 자신까지 이용했다는 사실에 그녀는 조재성을 용서할 수가 없었다.

"진정하세요. 그건 복수가 아닙니다."

-설마 그 녀석을 용서하라는 건가요?

"그럴 리가요. 권송아 씨가 그를 죽인다 해도, 그건 너무 편하지 않습니까? 그가 죽는 그 순간까지 고통을 받아야 복수라고 할 수 있지 않겠어요?"

-…….

"물론 원론적인 이야기인 것은 압니다. 하지만 전 개인적으로 내가 잘 살면 복수하는 거라는 말은 개소리라고 생각합니다. 내가 잘 사는 걸 상대방이 고통스러워하지도 않는데 그게 무슨 복수가 됩니까?"

-그러면 어쩌자는 거예요? 납치해서 병신이라도 만들어요?

"그건 우리가 할 일은 아닙니다. 그걸 해 줄 사람은 따로 있으니까 걱정하지 마시고 기다리시면 됩니다. 복수는 제가 확실하게 해 드릴 테니까요."

노형진이 그렇게 말하자 권송아는 침묵을 지켰다.

"이해는 합니다. 하지만 감정만으로 움직이면 나중에 후회하실 겁니다. 복수의 대상이 사라지면 증오 자체가 허탈해지거든요."

누군가에게 복수심을 불태우는 사람들, 그들에게는 복수 자체가 삶의 목적이 된다.

하지만 그게 이루어지는 순간 그는 삶의 목적을 잃어버리고, 허탈하게 그냥 하루하루 살아가는 사람이 되어 버린다. 그리고 그 허탈감 끝에 자살하는 사람들도 있다.

"누군가는 그래서 복수는 부질없다고 하지요. 하지만 복수는 부질없는 게 아닙니다. 다만 복수의 방법이 잘못되었을 뿐이지요. 가장 올바른 복수는 내가 다치지 않고 상대방을 지옥으로 밀어 버리는 겁니다. 부자들은 그렇게 하지요."

하지만 가난한 사람들은 그게 안 되니까 극단적 복수밖에 할 수 없다.

그리고 자신이 처벌받거나 해 버린다.

─알겠어요. 노 변호사님 말씀대로 할게요. 당장은 참을게요. 하지만. 그놈을 어떻게 하실 생각이지요?

"말 그대로입니다. 절망에서 영원히 몸부림치게 만들어야지요."

노형진은 그렇게 대화를 하고는 전화를 끊었다.

옆에서 듣고 있던 하메스가 혀를 내둘렀다.

"미스터 노, 당신 무서운 사람이군요."

"때로는 공포가 가장 큰 힘이지요."

노형진은 그렇게 말하면서 침대에서 일어나 테이블로 향했다. 그리고 뭔가를 꺼내 들었다.

"현재 상황에서 다운엔젤이 사실을 말할 이유는 없습니다."

"도리어 그 문제로 접근하면 그날 우리들이 죽겠지요."

물론 경호 팀이 있다고 하지만 그건 어디까지나 만일의 사태를 대비해서이다.

하지만 다운엔젤에 그걸 묻는 건 전쟁을 하겠다는 것이나 마찬가지.

"아무리 레드라인이라고 해도 그 정도까지는 해 주지 않을 겁니다."

"압니다. 그러니까 그들이 신경 쓰지 못하는 곳부터 시작할 겁니다."

"어디서부터요?"

"월리스부터요."

"월리스?"

"네. 그가 과연 얼마나 조직에 충성을 바치는지 두고 보도록 하지요."

⚖

월리스는 공포로 벌벌 떨었다.

그가 언제나처럼 자기 구역을 관리하기 위해 집을 떠날 때였다.

누군가 그를 붙잡았다. 그리고 다짜고짜 두건을 뒤집어씌우고 강제로 끌고 왔다.

"으으으……."

자신이 맨날 하던 짓을 자신이 당하자 그는 미칠 것 같았다.

그렇지만 더 무서운 건 그들이 원하는 게 뭔지, 그들이 왜 자신을 납치했는지 모른다는 것이다.

"끄아아악!"

두건을 쓰고 있지만 여과 없이 들려오는 비명 소리, 그리고 피 냄새와 고기가 타는 냄새.

"제발…… 제발 살려 주세요…… 제발……."

죽어 가는 누군가의 목소리.

하지만 그 뒤에 들려온 목소리는 차가웠다.

"우리는 너한테 말하라고 한 적 없다. 두들겨 패!"

"자…… 잠깐만요! 끄아악!"

퍽퍽 소리가 나더니 비명이 울려 퍼졌다.

수십 번이나 사람을 패 본 윌리스는 안다, 이게 진짜로 사람을 팰 때 나는 소리라는 것을.

그 특유의 소리를 모를 리가 없다.

"억!"

결국 숨넘어가는 소리가 들리고 피 냄새가 확 풍겼다.

"대장, 죽었는데요?"

"그래? 가져다 버려. 장난감이 하나 줄었으니 새 장난감을 꺼내야겠군."

대장의 목소리가 차가워지더니 발소리가 커졌다.

그 발소리의 주인은 윌리스에게 다가오고 있었다.

'제, 제발…… 제발…….'

윌리스는 공포에 벌벌 떨면서 하늘에 빌었다.

자신이 아니기를, 자신은 피해 가기를.

마침내 그의 앞에까지 다가온 남자.

"좋아. 이번에는 이놈으로 하지."

"아, 안 돼."

공포에 질식할 것 같은 그찰나, 바로 옆에서 여자의 찢어지는 비명 소리가 들렸다.

"꺄아악! 살려 주세요! 살려 주세요!"

"이 여자 비명 소리 한번 죽여주네."

"맛 좀 볼래?"

"그것도 나쁘지 않지요."

키득거리는 남자들의 웃음. 그리고 연이어 터지는 여자의 비명 소리.

그렇게 사흘 가까이 비명만 듣고 산 윌리스는 미칠 것 같았다.

차라리 죽는 게 나을 것 같았다.

하지만 죽는 것도 두려웠다.

세 번째 남자는 무려 스물여섯 시간 동안 살아서 고문을 당했다.

결국 그는 산 채로 껍질이 벗겨졌다.

아니, 그러자고 하는 목소리가 들렸다.

그리고 나흘째 되는 날, 드디어 그를 누군가가 잡았다.

"이놈으로 하지."

"아악! 제발…… 제발 부탁해요! 살려 주세요!"

비명을 지르는 윌리스.

"저는 아무것도 못 봤어요! 저는 아무것도 몰라요!"

"모르겠지. 그럴 필요도 없고 그럴 이유도 없어."

"제……발…… 뭐든 시키는 대로 할게요!"

"뭐든?"

"네, 뭐든! 진짜 뭐든 시키는 대로 할게요!"

그는 오줌을 싸면서 싹싹 빌었다.

지난 사흘간 그가 들은 상황은 지옥 그 자체였다.

인두로 사람을 지지는 냄새가 공간에 가득했고 움직일 때마다 바닥에 피가 질퍽거렸다.

"그래, 뭐든. 좋지. 권무진을 죽인 남자가 누구야?"

"네?"

"호텔에서 태워서 데리고 간 남자 말이야. 그날 데리고 가서 죽였잖아?"

"저…… 저는…….."

그는 순간 말문이 막혔다.

하지만 눈앞으로 다가온 뜨거운 기운에 흠칫했다.

두건을 쓰고 있음에도 불구하고 뜨거운 기운이 그대로 느껴졌다.

"이게 뭔지 느껴지지? 지금부터 너의 두건을 벗길 거야. 그런데 우리는 네가 우리 얼굴을 기억하는 거 원하지 않거든. 그래서 이 인두로 네 눈을 지질 거야."

이것이 힝이다

"히이익!"

"그러면 너의 안구는 부글부글 끓게 되겠지. 사람 눈에는 수용액이라는 게 있거든. 그게 노린내를 풍기면서 끓어오를 거야. 물론 너도 그 냄새를 맡을 수 있겠지. 그렇게 양쪽의 눈을 다 잃어버리고 나면 그때는 아마 이야기하고 싶은 생각이 들 거야."

"이야기할게요! 이야기할게요! 제발! 제발!"

윌리스는 비명을 지르며 애원했다.

"마누엘이에요! 마누엘!"

"마누엘?"

"네, 마누엘이에요! 저희 조직 청소부! 그 녀석이 죽였어요! 그 녀석이 총을 쐈다고요!"

윌리스는 악을 쓰듯이 외쳤다.

죽고 싶지 않았다. 눈이 멀고 싶지도 않았다.

필리핀은 가난한 나라다. 장애가 생기면 굶어 죽어야 할 정도로 말이다.

더군다나 그는 갱이다.

만일 눈을 잃어버리면?

갱단이 그를 보호해 줄 리가 없다.

누군가는 그를 죽이기 위해 덤빌 테니 결국 죽을 수밖에 없다.

"마누엘 그 새끼가 죽였어요!"

한번 입을 열기 시작하자 모든 이야기가 나왔다.

작전을 준비한 것도 마누엘, 그리고 죽인 것도 마누엘이라고 했다.

마누엘은 일종의 중간 보스였고 말이다.

"그 미친놈이 죽인 거라고요! 난 몰라요, 난!"

"그래?"

누군지 모르는 남자는 웃는 듯했다.

그리고 그다음 순간, 윌리스의 세상이 어두워지기 시작했다.

"아…… 안 돼! 난 죽기 싫어……! 죽기……!"

풀썩 쓰러진 윌리스.

그런 윌리스를, 노형진과 하메스가 내려다보았다.

"도대체 그런 살벌한 위협은 어디서 배운 겁니까?"

하메스는 질려 버렸다는 표정으로 말했다.

눈을 인두로 지져서 끓여 버리겠다니. 사람이 미치지 않는 게 이상한 수준이다.

"모르시나요?"

"네?"

"이 대사, 모 영화에 나온 대사입니다. 제가 좀 더 강도를 높였지요."

노형진은 씩 웃으면서 뜨거운 인두를 내렸다.

그리고 고개를 돌렸다.

"수고하셨습니다. 그나저나 이건 버려야겠지요?"

구석에는 한 구의 시체가 놓여 있었다.

물론 인간의 시체가 아니다.

도축된 돼지였다.

노형진이 진짜로 사람을 고문할 리가 없다.

"하지만 돼지는 사람하고 체구가 비슷하거든요."

그래서 실제로 과학수사 팀에서 돼지를 가지고 연구를 한다.

적당한 무게의 돼지는 사람과 비슷하기 때문이다.

"때리는 소리는 당연히 비슷하고, 살이 타는 냄새도 비슷하지요."

어깨를 으쓱하는 노형진.

지난 사흘간 고문당하고 두들겨 맞은 것은 죽은 돼지였다.

물론 비명 같은 건 적당히 옆에서 사람이 소리를 지른 거다.

"보이스 피싱을 저들만 하라는 법은 없으니까요."

"한국에서는 이런 방법을 자주 씁니까?"

핼쑥한 얼굴로 말하는 하메스.

노형진은 고개를 흔들었다.

"그럴 리가요. 이런 짓을 하는 건 저뿐입니다."

"하지만 이랬다가 윌리스가 돌아가서 신고라도 하면 어쩌려고요?"

"하겠습니까?"

"그거야 당연히…… 끄응……. 못 하겠군요."

하고 싶어도 그는 할 수가 없다.

그는 살인에 연관되어 있다. 아무리 필리핀이 부패했다고 해도 살인자를 방치하는 나라는 아니다.

"필리핀 감옥은 열악하기로 유명하지요."

대략 10평쯤 되는 공간에 서른 명쯤 들어간다.

더위를 이기기 위한 선풍기 따위는 당연히 없다.

1인당 하루에 책정되는 금액은 55페소. 한국 돈으로는 1천 원이 살짝 넘는다.

"거긴 감옥이라기보다는 우리지요."

그걸 가장 잘 알고 있는 사람이 다름 아닌 윌리스다.

"그러니 거기에 가고 싶지는 않을 겁니다. 설사 간다고 해도 살 수는 없을 테고요."

그는 이미 모든 걸 불었다. 그러니 조직에서 죽이려고 할 것이다.

"필리핀 감옥의 사망률이 얼마지요?"

"어마어마하지요."

환경이 열악하다 보니까 죽는 사람들이 너무 많다.

그런데 그게 일상이라서, 따로 조사하거나 살인 사건으로 취급하지 않는다.

물론 뭔가에 찔려 죽거나 타살이라는 증거가 있다면 수사가 진행될지도 모르지만, 그렇지 않은 경우 그냥 열사병으로 인한 사망으로 처리되고 끝이다.

"윌리스는 절대 신고 못 합니다. 아마 깨어나자마자 이곳을 떠나겠지요."

자신들에게 다시 잡혀 오기도 싫을 테고, 또 감옥에서 죽기도 싫을 테니까.

"아마 평생 심각한 트라우마에 시달리겠지만."

노형진은 어깨를 으쓱했다.

"결국 자기 책임입니다."

물론 지금은 풀려나겠지만 사건이 진행되고 수사가 제대로 이루어지면 그때는 결국 감옥에 가는 걸 피할 수 없다.

"어찌 되었건 진짜 살인범의 이름을 찾았군요. 마누엘이라……."

"근데 마누엘은 필리핀에 너무 많은 이름인데요. 필리핀에서 가장 흔한 이름이 바로 마누엘입니다. 어떻게 생겼는지 듣기는 했지만 마누엘을 모조리 찾아다니면서 확인할 수는 없는 노릇이고."

"걱정하지 마세요. 찾는 방법이 있습니다."

"어떻게요?"

"가장 잘사는 마누엘을 찾으면 됩니다."

"……?"

⚖

마누엘을 찾는 것은 어렵지 않았다.

    슬럼가에 사는 마누엘 중에서 가장 잘사는 사람을 찾았더니 그가 딱 윌리스가 표현한 그 사람이었다.

    "어떻게……."

    "윌리스가 그러지 않았습니까, 청소부라고. 그런 인간이라면 돈을 많이 받지요."

    그렇다고 해서 부자 동네에 살 수는 없다.

    그런 일을 하는 놈들은 거칠다. 부자들이 사는 곳에서 살면 너무 눈에 띈다.

    "그리고 그 주변 건물이 그놈의 건물이더군요."

    살인 현장 주변 건물이 바로 그의 소유였다.

    오래되고 낡았지만 그래도 적지 않은 돈을 세로 받을 수 있는 건물들이다.

    "어떻게 아셨습니까?"

    "갱단이 가장 많이 노리는 게 그 지역 상권이거든요. 우리나라에 조직폭력배가 성행할 때 그들은 그 지역 건물주들을 때리고 위협해서 건물을 빼앗았지요."

    노형진은 그렇게 말하면서 주변을 스윽 둘러봤다.

    "세상 어디나 인간은 비슷하지요. 폭력적인 조직이라면 더더욱 그렇고요."

    건물을 빼앗을 수 있는데 그걸 안 빼앗을 리가 없다.

    "그리고 그런 면에서 보면 여기는 살인하기 아주 좋은 위치지요."

창문도 없고 사람도 없다.

누가 본다고 하더라도 그 주변 건물에 사는 사람들이 그걸 고발하거나 떠들 리는 없다.

건물을 가진 게 누군지 알 테니까.

"그러면 그를 잡을 겁니까? 하지만 증거가 없는데요."

노형진은 고개를 흔들었다.

"그럴 생각 없습니다. 애초에 경찰에 신고한다고 해도 잡아가지도 않을 테고요."

필리핀 경찰이 그 마누엘이라는 인간이 킬러인 걸 과연 모를까?

그럴 리가 없다. 다운엔젤 정도 되면 전문 킬러가 있다는 걸 알 수밖에 없다.

"그러면 어쩌려고요?"

노형진은 씩 웃었다. 그리고 조용히 마누엘에게 연락했다.

물론 권무진과 관련된 이야기는 하지 않았다.

노형진이 사업상 만나자고 하자 마누엘은 살짝 의심을 품은 채 나타났다.

"그래서 무슨 말을 하고 싶으신 겁니까? 저는 그저 조용히 사는 소시민일 뿐입니다."

모른 척하는 마누엘.

하지만 노형진은 그걸 보고 가소로워서 비웃음이 나왔다.

'소시민 같은 소리 하고 자빠졌네.'

이미 그 건물들의 옛 주인에 대해 알아봤다.

그래서 그들이 터무니없는 가격에 그 건물들을 팔고 떠났다는 걸 잘 알고 있었다.

"마누엘 씨, 당신이 다운엔젤의 주요 임원이라고 하던데요."

"누가 그래요?"

마누엘은 그렇게 말하면서도 주변을 향해 살짝 눈짓을 했다.

그러자 그들 주변에서 사람들이 일제히 일어났다.

"아는 분이 있네요."

"뭐요?"

"저분, 제가 그 골목에 갔을 때 마주친 분이네요. 안 그런가요?"

노형진의 말에 일어선 남자 중 한 명이 똥 씹은 얼굴이 되었다.

"아직 샷건, 여기에 있다."

레드라인의 경호원이 웃으면서 슬쩍 총을 들어 보였다.

그러자 다들 침을 꿀꺽 삼켰다.

"완전히 포위된 상황에서 뭐 어쩌려고?"

"포위된 건 당신들 같은데요."

"뭐?"

마누엘은 기가 막히다는 표정으로 노형진을 바라보았다.

노형진 측이 만나자고 접촉한 순간부터 마누엘은 함정을 팠다. 그래서 이 건물 안에 있는 건 그의 부하들뿐이다.

그러니 노형진 측이 무장을 하고 있다지만 완전히 포위된 상태에서 그들이 할 수 있는 건 없을 터였다.

뒤통수에 눈이 달려 있다 해도 이 상황에서는 총을 못 피한다.

그러나 노형진은 이상하리만치 여유가 넘쳤다.

"마누엘 씨, 혹시 영화에 대해 좀 아십니까?"

"영화?"

"네, 영화."

"뭐, 볼 만큼은 보았습니다만."

뜬금없는 영화라는 말에 마누엘은 의심스러운 표정으로 말했다.

설마 자신에게 영화에 같이 투자하자는 소리나 하려고 온 건 아닐 테고 말이다.

"할리우드 영화에 보면 그런 장면이 나옵니다. 심장과 연결되어서, 심장이 멈추는 순간 터져 나가는 폭탄요."

"그게 무슨 말이…… 이런 미친 새끼!"

노형진은 웃으면서 옆에 있던 서류 가방을 열었다.

그 안에는 한가득 다이너마이트가 들어 있었다.

"이 정도면 이 건물을 날려 버리기에는 충분할 것 같은데, 마누엘?"

"서…… 설마?"

"날 죽일 수 있다고 생각하겠지. 하지만 내 심장이 멈추는 순간 이게 터진다. 시험해 보고 싶어? 해 봐. 아, 그리고 그거 시험해 보기 전에 바깥도 좀 보고."

몇몇이 창가로 가서 바깥을 내다보았다.

그리고 핼쑥해진 얼굴로 돌아왔다.

"바깥에 레드라인 놈들이 잔뜩 몰려왔습니다!"

"헉!"

그 말은 어떻게 폭탄이 터지지 않아 살아남는다고 해도 레드라인에게 몰살당한다는 소리다.

"레드라인이 경호 회사이기는 하지만 이 안에 있는 놈들은 다 죽이고도 남을 것 같은데?"

히죽 웃는 노형진.

그런 노형진을 바라보던 마누엘은 눈을 찌푸리면서 말했다.

"큰 거래를 하러 온 모양이군, 이 정도 수작질을 다 하는 걸 보니."

"큰 거래지, 마누엘."

노형진은 아까와 다르게 좀 공격적으로 말했다.

"내가 원하는 건 다운엔젤이다."

"뭐라고?"

노형진의 말에 마누엘의 눈썹이 꿈틀했다.

몇몇은 그 말을 알아듣고는 얼굴이 사색이 되었다.

"미쳤군."

"미쳤다고 생각하나, 이걸 보고도?"

탁탁, 폭탄을 두들기는 노형진.

폭탄 때문에 마누엘은 공격도 하지 못하고 그저 이만 박박 갈 뿐이다.

"뭐 하자는 수작이지?"

"수작? 간단해. 나는 투자를 하고 넌 다운엔젤을 손에 넣는다. 간단한 개념이지."

"네놈이 누군 줄 알고!"

"그게 중요한가?"

노형진은 피식 웃으며 말했다.

그러자 마누엘은 침을 꿀꺽 삼켰다.

"내가 배신을 할 것 같아? 사람 잘못 봤다."

"너는 배신하지 않겠지. 하지만 조직에서도 널 믿어 줄 거라 생각하나?"

"그게 무슨 말이지?"

"이렇게 대단위로 몰려와서 거래를 했다. 지금 여기에는 조직원들이 가득하지. 내가 무슨 조건을 달았는지, 수뇌부가 끝까지 모를 거라 생각하나?"

마누엘은 아차 싶었다.

상대방을 위협하고 자신의 안전을 지키기 위해 조직원들을 우르르 몰고 왔다.

이들 중에는 자신에게 충성하는 사람도 있지만 그렇지 않은 사람도 있다.

"너에게 충성하지 않는 사람들은 돌아가면 여기에서 있었던 일들을 이야기하겠지."

노형진은 히죽 웃으며 말했다.

순간 마누엘의 눈빛이 극도로 차가워졌다.

마누엘에게 충성하는 자들은 옆을 돌아보면서 무기에 스윽 손을 올렸다.

"아아, 허튼수작하지 말고. 여기서 총격전이 벌어지는 걸 원하지는 않거든? 서로 총질하면 우리가 유리한 거 알지?"

산탄총을 들면서 웃는 레드라인의 경호원.

그리고 노형진도 웃으면서 옆에 있는 산탄총을 들었다.

"USAS-12, 우리가 가진 건 네 개야. 과연 이 네 개가 이 안을 걸레짝으로 만드는 데 몇 초나 걸릴까? 과연 너희들이 그 안에 우리 얼굴을 맞힐 수 있을까?"

"크윽."

노형진의 말에 마누엘은 긴장감을 감출 수가 없었다.

만일 교전이 벌어지면 그의 부하들은 저들과 싸워야 하고, 바깥의 적과도 싸워야 하며, 같은 조직에 속해 있지만 믿을 수 없는 놈들과도 싸워야 한다.

"결국 이야기는 너희 조직 수뇌부의 귀에 들어가겠지."

노형진은 마누엘을 바라보며 말했다.

"과연 마누엘 너를 믿고 너에게 전권을 줄까? 아니면……."

노형진은 씩 웃었다.

"너를 축출할까?"

물론 죽이지 않을 수도 있다.

하지만 이미 마누엘에게 심각한 거래 제의가 있었다.

그런 상황에서 수뇌부에 소식이 전해진다면?

마누엘을 직접 죽이지는 않겠지만 당연히 조직에서 축출하거나 최소한 힘을 빼려고 할 것이다.

그의 부하들은 다른 곳으로 돌리고 그는 고립시키는 방식으로 말이다.

"너는 모든 걸 잃게 될 거야, 마누엘."

그리고 그 끝은 정리라는 걸 마누엘은 누구보다 잘 안다, 그 자신이 그 정리를 하는 사람이었으니.

마누엘은 눈을 부릅뜨고 버럭 소리를 질렀다.

"웃기는 소리! 내 충성심은 강하다! 네놈이 그런다고 해서 내가 배신할 것 같아?"

그러나 그렇게 주장하는 마누엘의 목소리는 떨리고 있었다.

자신이 아무리 충성한다고 해도 결국 좋은 꼴은 못 볼 상황이라는 걸 직감적으로 느꼈기 때문이다.

"알아, 마누엘. 알지."

노형진은 고개를 끄덕거렸다.

"하지만 이렇게 하면 어떨까?"

"뭘?"

노형진은 대답하는 대신에 옆에 있던 커다란 가방 두 개를 테이블에 올렸다.

가방 안에는 어마어마한 양의 지폐가 가득 들어 있었다.

"4,500만 페소다. 이 뒤에 있는 다른 가방에도 들어 있지."

"허억! 4,500만 페소!"

그들은 눈이 돌아갔다.

그럴 수밖에 없는 게 4,500만 페소는 한화로 10억이 조금 넘는데, 한국에서도 10억은 살인을 하고도 남을 정도로 많은 돈이기 때문이다.

그 정도면 갱단의 수입과 비교해도 절대 작은 게 아니다.

다운엔젤이 큰 갱단이기는 하지만 애석하게도 수익 모델이 많지는 않았다.

마약 같은 걸 팔아야 돈이 되는데 도심지에 있다 보니 그건 힘들고 또 감시도 심했다.

더군다나 마약을 팔기 위해서는 거의 군에 준하는 무장이 필요한데, 필리핀 정부가 아무리 모른 척하고 있다고 하지만 그걸 두고 보지는 않을 건 확실했다.

"난 이걸 두고 갈 거야. 네가 이걸 가지고 가서 보스에게 다 헌납할 수도 있지. 네가 다 먹을 수도 있고. 또는 일부는 헌납하고 일부는 먹을 수도 있고. 어찌 되었건 난 이 돈에 대한 소유권을 지금부터 포기한다."

"그, 그걸 놓고 가겠다고?"

마누엘의 목소리가 저절로 떨렸다.

조직의 청소부로 오랜 시간을 지내 왔다.

하지만 저 정도 돈은커녕, 저 돈의 100분의 1도 본 적이 없었다.

"그래, 네게 이걸 줄 거야. 넌 이걸 네 마음대로 쓸 수 있어. 그건 너의 선택이야."

"무슨 말도 안 되는, 개 같은······."

마누엘은 말을 하면서도 가방에서 눈을 떼지 못했다.

"농담 같나?"

씩 웃는 노형진.

"여기 내 연락처다. 넌 여기로 연락할 수밖에 없게 될 거다, 마누엘."

그리고 자리에서 일어났다.

몇몇이 엉거주춤 총을 들었지만 노형진이 피식 웃으면서 손에 들린 폭탄 가방을 흔들자 침만 꼴딱 삼킬 뿐 감히 공격을 하지는 못했다.

일단 명령을 내려야 할 마누엘이 반쯤 혼이 나간 탓도 있었다.

"마누엘, 나중에 보자고."

노형진은 손을 흔들면서 경호원들과 함께 바깥으로 나갔다.

그리고 조용히 방탄 차량에 타고 그곳을 떠났다.

밖에서 차에 탄 채로 다른 레드라인 경호원들과 함께 노형진을 기다리고 있던 하메스는 침을 꿀꺽 삼켰다.

"이해가 안 갑니다. 아니, 그 돈을 왜 다운엔젤에 줍니까?"

"복수를 위해서지요."

"복수요?"

"네. 제 의뢰인은 범인을 찾아 달라고 했고, 복수를 해 달라고 했습니다. 그러기 위해 백지수표를 위임했지요. 의뢰를 받았으니 당연히 해결해야지요."

"아니, 무려 4,500만 페소입니다! 그걸 주는 건 복수가 아니라 도리어 다운엔젤을 크게 성장시키는 행동입니다."

노형진은 살짝 웃었다.

"하메스 씨는 복수의 대상이 누구라고 생각하십니까?"

"네?"

"이번 사건의 복수의 대상이 한국에 있는 조재성뿐일까요? 그러면 직접적으로 총을 쏜 마누엘은요? 그는 복수의 대상이 아닐까요? 물론 그는 도구일 뿐일 수도 있지요. 그러면 그 뒤에서 명령한 누군가일까요? 아니면 청부를 받아서 넘겨준 다운엔젤의 보스일까요?"

"그건……."

엄밀하게 말하면 복수의 대상은 그들 모두다.

"하지만 제가 아무리 잘났다고 해도 그들과 다 총격전을 하거나 싸울 수는 없습니다. 물론 돈을 써서 사람을 고용해 필리핀 내부에서 총질이야 할 수 있겠지요. 하지만 그건 명백한 현행법 위반입니다."

외국인이 자기방어가 필요하지도 않은 상황에서 그런다면 아마 필리핀 정부에서 거품을 물고 덤빌 거다.

"그런데 그 돈은 뭡니까?"

"증여죠. 증여는 불법이 아닙니다."

"네?"

"여기 계시면서 무전기로 들으셨지요? 저는 그 돈을 아무런 조건 없이 그냥 마누엘에게 줬습니다."

하메스는 고개를 끄덕거렸다.

그냥 무조건 준 거다, 뭘 하라거나 한 게 아니라.

"그리고 그건 불법이 아니지요. 제가 병력을 고용한 것도 아니고, 그걸 가지고 싸우라고 한 것도 아니고요."

"하지만 그 돈으로 다운엔젤이 무장하면……."

물론 대전차미사일 같은 건 꿈도 못 꿀 것이다.

하지만 이런 곳에서 AK 소총 같은 것의 가격은 터무니없이 낮다.

4,500만 페소면 2천 명의 조직원을 모조리 방탄복과 AK 소총으로 무장시킬 수 있는 돈이니, 다운엔젤이 그 돈을 사용한다면 다른 조직들이 순식간에 쓸려 버려 다운엔젤의 성

장에 큰 도움을 줄 것이다.

"압니다. 하지만 제가 준 건 사실 4,500만 페소가 아니라 1,500만 페소입니다. 나머지는 가짜지요."

"네?"

하메스는 어리둥절한 표정이 되었다. 가짜라니?

"그냥 가방만 채운 겁니다. 위쪽은 돈이 맞지만 내부는 그냥 종이예요. 이미 몇 번 써먹어 본 방법이지요."

"속임수입니까? 하지만 1,500만 페소라고 해도 위험한 금액인데요. 그걸 왜 주신 겁니까?"

"간단합니다. 이제 마누엘은 반역을 할 수밖에 없게 될 거니까요."

"어째서요?"

"그 안에는 그의 부하들이 아닌 자들도 있지요. 그들은 제 말을 모두 들었습니다. 제가 고의적으로 이야기를 크게 했으니까요."

"그건 들었습니다만……."

노형진은 고개를 끄덕거렸다.

"그러면 마누엘이 그걸 지금 현장에서 열어 볼까요, 아니면 자기네 사람들이 있는 곳에서 열어 볼까요?"

"당연히 자기 사람들이 있는 곳에서 확인해 보겠지요. 그거야 사람이라면…… 아하!"

"맞습니다. 그게 함정이지요."

현장에는 마누엘의 세력에 속하지 않은 자들도 있었다.

그런데 그 돈은 마누엘에게 준 거다, 다운엔젤이 아니라.

"당연히 마누엘은 그 돈을 가지고 가서 자기 패거리끼리 세어 볼 겁니다."

당연하게도 그 돈은 1,500만 페소다.

"그는 그 돈을 다운엔젤에 몽땅 헌납함으로써 자신의 충성심을 증명할 수 있습니다. 한 가지 문제만 빼고 말이지요."

"돈이 3천만 페소나 비는군요."

다른 세력에 속한 자들.

그들은 돌아가서 당연히 여기에서 있었던 일에 대해 보고할 것이다.

그들이 아는 돈은 4,500만 페소.

그런데 들어온 돈은 1,500만 페소.

"과연 조직에서 마누엘을 추궁하지 않을까요?"

하지 않을 리가 없다.

물론 자기가 받은 돈이니 100만 페소쯤이면 빼돌리는 걸 이해한다.

하지만 무려 3천만 페소다. 병력을 완전무장 시켜 조직을 뒤집어 버리고도 남을 액수.

"저는 그에게 다운엔젤을 손에 넣으라고 했지요. 그는 애초에 살인을 전문으로 하는 청소부입니다. 그 말은 기존에 거래하던 무기 상인이 있다는 소리지요."

"조직에서는 절대로 그를 믿지 못하겠군요."

믿을 수가 없다.

그 돈으로 자기 사람을 무장시켜 자신들을 쓸어버릴 거라고 생각할 것이다.

"조직에서는 그를 죽이려고 할 겁니다. 물론 사라진 3천만 페소의 행방도 알아내려고 하겠지요."

당연히 그 과정에는 어마어마한 고문이 동반될 것이다.

"그걸 마누엘이 모를까요?"

"그럴 리가 없지요. 그 고문을 하던 게 자신일 테니까."

"결국 마누엘에게는 방법이 하나밖에 없습니다."

1,500만 페소를 상납하고 고문을 당하느니 차라리 그 돈으로 부하들을 무장시켜서 싸우는 것.

"복수의 대상은 다운엔젤입니다. 그들 중 일부가 아니라요."

"일이 그쯤 되면 다운엔젤에는 피바람이 불겠군요."

수적으로는 마누엘이 밀릴 것이다.

하지만 무장에서는 그들이 압도적이다.

"숫자가 충분히 줄어든다면 정부도 그들을 가만둘 수는 없을 겁니다."

단순히 비리의 문제가 아니다.

시내 한복판에서 수천 명이 총질을 해 대며 싸우면 필리핀 정부는 군을 투입할 수밖에 없다.

"군이 투입되면 그때는 상황이 달라지지요."

군은 평소에 다운엔젤에 뇌물을 받거나 딱히 손을 잡은 적
이 없다.

임무가 떨어지면 싸울 뿐이다.

"아마 다운엔젤은 이 지역에서 싹 쓸려 버릴 겁니다."

노형진이 노린 것은 바로 그것이었다.

제대로 된 복수, 관련자들의 사살.

그들은 운이 좋아도 필리핀 감옥으로 갈 테고, 운이 나쁘
면 자기들끼리 총질하다가 죽어 나갈 것이다.

"이게 복수죠."

그렇게 말하는 노형진의 표정을 보면서 하메스는 자신도
모르게 공포감에 부르르 떨 수밖에 없었다.

다음 권으로 이어집니다

죽은 자는 말이 없다. 하지만 주변에서는 할 말이 많다   303

꿈의 도약, 로크에서 하십시오
(주)로크미디어에서 신인 작가를 모십니다

즐거운 세상, 로크미디어는 꿈을 사랑하고 도전을 두려워하지 않는 작가 분들의 참신한 작품을 기다리고 있습니다. 21세기 장르 문학계를 이끌어 갈 차세대 선두 주자 (주)로크미디어에서 여러분의 나래를 활짝 펴 보시길 바랍니다.

모집 분야 판타지와 무협을 포함한 장르 문학
모집 대상 아마추어 작가, 인터넷 작가
모집 기한 수시 모집
작품 접수 시 유의 사항
1. 파일명은 작가명_작품명.hwp형식을 갖춰 주십시오.
1. 파일에 들어갈 내용은 다음과 같습니다.
   - 성명(필명인 경우 실명을 밝혀 주세요), 연락처, 이메일 주소
   - 제목, 기획 의도
   - A4용지 1장 분량의 등장인물 소개
   - A4용지 2장 분량의 전체 줄거리
   - 본문
1. 작품이 인터넷에 연재되고 있다면, 게시판명과 사이트의 구체적이고 정확한 주소를 기재해 주십시오.

선택된 작품은 정식 계약 후 출판물로 간행되어 전국 서점에 유통됩니다.
작가 분은 (주)로크미디어의 전폭적인 지원하에 전속 작가로 활동하시게 됩니다.
※ 자세한 내용은 로크미디어 홈페이지(rokmedia.com)를 참조하세요.

(03920)서울시 마포구 성암로 330 DMC첨단산업센터 3층 318호
(주)로크미디어 편집부 신간 기획 담당자 앞
전화 : 02) 3273-5135
www.rokmedia.com   이메일 : rokmedia@empas.com

서상현 판타지 장편소설

환생한 대마법사의 정주행

학교에서 펼쳐지는 배틀 로열!
낙제생의 참교육(?)이 시작된다!

힘에 눈먼 제자에게 살해당한
마법 학교 교장, 대마법사 아르키스
전생의 힘을 고스란히 간직한 채
퇴학을 앞둔 낙제생의 몸으로 환생하다!

미친, 학생을 마력을 높이는 제물로 쓰다니!

성배 재료 양성소로 바뀌어 버린 학교
선생부터 학생까지 모두 개판!
아르키스는 이 모든 걸 되돌리기 위해
교장실까지 미친 정주행을 시작하는데……

재능 먹는 플레이어

갈드 퓨전 판타지 장편소설